俺の背徳メシをおねだりせずにいられないお隣のトップアイドルさま

及川輝新　[イラスト]緋月ひぐれ

「これからは、わたしが優月のお世話係になりますっ！」
VS
道徳メシ
DOUTOKU
MESHI

「優月にはしっかり見届けてもらうぞ。
俺と衛本さん、どちらかが倒れるまで」
背徳メシ
HAITOKU
MESHI

「どう？　似合ってる？」

【本日の献立】　鈴文特製「天丼」
「ザクザクの衣にプリプリの海老、
二種類のサウンドが織りなす交響曲が、
耳の奥で永久にループしてる……♥」

CONTENTS

俺の背徳メシをおねだりせずにいられない、お隣のトップアイドルさま 2

及川輝新

MF文庫J

口絵・本文イラスト●緋月ひぐれ

ROUND. 1　「これからは、わたしが優月のお世話係になりますっ！」

　スマホの液晶画面の向こう側に、五人の女の子がいる。

　ヘソ出しセパレートタイプの衣装を纏った少女たちは、マイク片手に歌って踊っていた。

　客席で光る色とりどりのサイリウムは、ステージ上にある五つの笑顔をひときわ輝かせる。

　センターに陣取る黒髪ロングの少女が煽ると、客席から熱が迸る。歓声という名の熱風を全身に浴びた少女は、とびきりのスマイルを見せた。

　有須優月。五人組アイドルグループ【スポットライツ】における絶対的エース。

　可憐な笑顔と洗練されたパフォーマンスでファンを楽しませる、今最も注目を集めているアイドルだ。わずか十五歳でありながら、歌やダンスは一流。音楽に限らずバラエティやドラマなど幅広く活躍している。

　彼女が一瞬でも画面に映るたびに、「十五歳でこの完成度はヤバい」「とにかく顔が良い」「有須優月を応援できる時代に生まれたことに感謝」といった賞賛が、コメント欄をにぎわせる。

　宝石のように煌めく琥珀色の瞳、凛とした強さを想起させる眉、筋の通った鼻、薄い桜色の唇。肩からこぼれるロングの黒髪は、まるで清流のよう。

「……こんなの見たら、普通はファンになっちゃうよな」

夕食の下ごしらえを終えた俺は、先日放送された音楽番組のアーカイブを視聴していた。何十組ものアーティストが出演する中、【スポットライツ】のファンではない俺ですらも、ついつい彼女を目で追ってしまう。やがて少女たちがステージから捌けると、俺はスマホを手放した。

リビングを出た俺は、廊下の先に向かう。微妙に持て余した時間を有効活用するべく、玄関の清掃をしようと思ったのだ。靴磨き、防虫剤の交換、掃き掃除……せっかくだから靴箱の水拭きもしておこうか。

ふふ、テンションが上がってきた。箒とちりとりも用意して、準備万端だ。

空気の入れ替えも兼ねて玄関の扉を開けると、ちょうど目の前を一人の少女が横切ろうとするところだった。

「おう、おかえり、優月」

俺はお隣さんをファーストネームで呼ぶ。

「鈴文、ただいま」

つい数分前まで画面の向こう側にいた美少女が、にこやかに微笑んだ。大勢の観客に振りまいていたものとは異なる、はにかんだ笑顔。服装も華美な衣装とは打って変わり、Tシャツにショートパンツというラフなものだった。健康的な太ももが眩しい。

「後で夕食持っていくからな。楽しみにしてろよ」

「ふんっ、今日という今日こそ絶対に食べないんだから！」

いつものやり取りをして、優月は自分の部屋に入っていく。

そう、俺のお隣さんは、トップアイドルなのだ。

☆　☆　☆

レジデンス織北。

二か月ちょっと前の春休み、俺たち真守一家はこのマンションに引っ越してきた。我が家は父・母・高二の息子の三人構成だが、両親は自分たちの営む居酒屋にかかりきりのため、ほとんど家に帰ってこない。ゆえに俺は日々の家事を一手に担っている。

我が家は八階の809号室。エレベーターを降りて左側に進んだ先、奥側に位置する部屋だ。

その隣にあるのが810号室。ここで一人暮らしをする少女の名は、佐々木優月。「有須優月」の芸名でアイドル活動をする、十五歳の女子高生だ。

優月と出会った初日、俺は訳あって彼女に食事を振る舞い、その食べっぷりに見惚れて恋に落ちた。以降、毎日のように料理を提供している。

お隣さんの帰宅から数十分後。玄関の掃除を終えた俺は諸々(もろもろ)の準備の後、隣室のチャイムを鳴らす。

モニターの前でステンレス製のオカモチを掲げると、玄関の扉がかちゃりと開いた。

「よっ、優月(ゆづき)。今日もうまいメシをたっぷり食わせてやるよ」

「……」

優月は眉根を寄せ、胡乱(うろん)げな目をこちらに向けてくる。

「ほんっと、鈴文(すずふみ)も飽きないよね。毎日毎日」

優月はどこか呆(あき)れた口調だ。初対面時のキラキラとしたアイドルスマイルはどこへやら。

「毎日って、今週は初めてじゃないか。俺がどれだけもどかしい日々を送っていたか」

六月に入ってからというもの、優月はレギュラー番組が増えたり新曲のレコーディングをしたりと大忙しだった。また仕事終わりには打ち合わせと称して、マネージャーを交えて関係者が集う食事会に参加する日も多く、ほとんど外でメシを済ませていたのだ。

今日はまっすぐ帰宅してきたようだし、時刻はまだ夜の九時過ぎだ。筋トレや台本読みの時間を差し引いても、夕飯の時間はしっかり残されている。

「んじゃ、早速お邪魔するぞ」

８１０号室に入るのは実に一週間ぶりだった。そのため靴を脱ぐ瞬間は、正直ちょっとだけ緊張した。

俺の目的は、体型維持のため過度な食事制限をする優月においしい料理を振る舞い、俺のメシ無しでは生きていけなくさせる……すなわち、メシ堕ちさせることにある。

一方の優月も、ただ大人しく食事を受け入れているわけではない。メシに抵抗するとともに、あの手この手で俺を有須優月の《ファン》にしようと必死だ。これには彼女なりの論理がある。

ファンは距離を弁える。ファンは推しのプライベートに立ち入らない。

つまり俺との関係を「お隣さん」ではなく「アイドルとファン」に上書きしてしまえば、自分の言うことなら素直に聞くだろうと踏んだようだ。

真守鈴文は、佐々木優月をメシ堕ちさせる。

佐々木優月は、真守鈴文をファンにオトす。

これが、人気アイドルと男子高校生の、秘密の関係。

「今夜はとっておきの一品をお見舞いしてやるから覚悟しろよ？」

「ずいぶん自信あるみたいね。でも、今日は特に負ける気がしないわ！」

優月が俺の用意した背徳メシに勝利した日なんて、これまで一度もなかった。口では拒絶しながらも、最終的には屈するというのがお決まりの流れだ。本人もそれを自覚していないわけではあるまい。

　しかし、優月は自信満々な表情を一向に崩さない。

「この一週間、私は鈴文のごはんを食べなかったわよね」

「食べなかった……というか、仕事が忙しくてタイミングが合わなかったからな」

「そう。つまり私は、背徳メシデトックスに成功したってわけ！」

　ふふん、と優月は大仰に胸を反らす。

「実際、こうして鈴文が持ってきたオカモチを目の前にしても、ちっとも心が乱れないもの。何ならこのまま夕食を抜いちゃっても平気よ！」

「平気なわけがあるか。いきなり食事を減らしたら体がびっくりするだろ」

「いきなりじゃないわよ。だって直近の一週間、栄養系チョコバーとプロテインくらいしか口にしてないもの」

「……」

　この女。俺が目を離した隙に、また極端な節制をしやがって。

「おかげで体も軽いし、何もかもが順調ね。こんな絶好調なのに、鈴文のごはんに飛びつくほど私は愚かじゃないわ！」

　何が愚かじゃない、だ。そんな生活を続けていたら、きっとまた空腹で倒れてしまうだろう。

　いや、ある意味安心した。これで俺も、心置きなく夕飯を饗することができる。

俺たちは、廊下の先にあるキッチンに並んで向かう。優月は俺のメシを拒絶しつつも、なんだかんだで毎回部屋に上げてくれる。律儀というか、ちょろいというか。

ダイニングキッチンは非常にシンプルだ。家具は必要最小限しか置いておらず、趣味嗜好をにおわせるグッズは皆無に近い。

その理由は、優月本人のインテリアへの関心が薄いというだけでなく、先日のマンション退去未遂事件をきっかけに、断捨離を決行したからだ。その際は俺も手伝い、ついでに大掃除もさせてもらった。おかげで８１０号室は新居にも負けないくらいピカピカだ。

「優月はテーブルの前で堂々と待っていてくれよ」

「ま、何を作ろうと私の勝ちは揺るがないけどね！」

優月はローテーブル前のクッションに腰を下ろし、両腕を組む。その威勢をいつまで保てるか見ものだな。

俺はオカモチから食材を取り出す。

主な材料は牛肉、レタス、トマト、タマネギ、チーズ、そしてバンズ。これを見れば俺が何を作ろうとしているのか一目瞭然だろう。

「へえ、今日はハンバーガーってわけね」

「人気絶頂のアイドル様は、お店では絶対に食べられないだろ？」

俺たち高校生にとって最も身近なファストフードであり、絶対王者。アイドルグループで不動のセンターを務める優月にふさわしい一品といえよう。

まずはハンバーガーの核であるミートパティの準備から。今回使用する牛肉の部位は肩ロース。肉質がきめ細かく、赤身なので肉の風味もしっかり感じられる。これを包丁で細かくカットしていく。

「あれ、ひき肉は売ってなかったの？」

リビングから質問が飛んでくる。

「あえてだよ。確かにひき肉を使えばパティの食感は均一になるし、ムラもできにくい。だが今回は細切れと粗微塵の二種類を混ぜ合わせることで、肉々しさを前面に押し出す」

「ふ、ふうん」

何気なく振り返ると、テーブルの前に座っていたはずの優月が、五十センチほどキッチンに近づいていた。この光景、以前にも目にしたことがあるような。

「もちろんパン粉や卵などのつなぎは一切無しだ。調味料はシンプルに、塩とたっぷりの黒コショウ。ワイルドにいくぞ」

リビングのほうからごくり、と唾を飲み込む音がした。調理はまだ始まったばかりだ。

成形したパティはしっかり焼き目を付ける。フライパンに載せたいくつもの肉塊が、じゅうじゅうと雄叫びを上げる。

同時進行で、上下半分に分割したバンズをオーブントースターで熱する。トマトは一センチ幅で切り、レタスも食べやすい大きさにちぎる。

ふと、肩口に気配を感じた。自宅なら幽霊の存在を疑うところだが、ここはお隣さんの部屋。正体は言わずもがなだ。肉と油のにおいにつられた優月が、真後ろで調理の模様を見守っていた。まるで餌に釣られた猫のようだ。

「み、見てるだけだから！　敵情視察ってやつよ！」

表情こそ凛々しさを湛えているものの、どこかそわそわした様子の優月。

さて、ここらで勝負を仕掛けるか。俺は茶色に染まったパティの上に、正方形のイエローデビルを解き放つ。

その正体は、じっくり熟成されたチェダーチーズだ。

熱が伝わり、厚切りのチーズはじわじわと形を失う。いや、パティと融合していく。あたかも最初からその姿であったかのように。

俺はフライパンの端で焼いていた、一口サイズの肉塊を菜箸で持ち上げる。

「試食してみるか？」

「……食べるわけないでしょ」

「そうか。じゃあ俺がもらおう」

ひょいと自分の口へ運ぶと、優月が「あっ」という口の動きをする。

「うん、我ながらいい出来だ」

「くうっ……」

優月は恨めしそうな眼差しを俺に向けた後、テーブル前のクッションに戻った。

バンズもいい具合に焼けたようだ。オーブントースターを開放すると、小麦と胡麻の香りがふわりと漂う。

準備は整った。あとは迫撃あるのみ。

俺は具材を載せたトレイを持って、優月の向かいに腰を下ろす。

「いくら目の前で誘惑したところで、結果は変わらないわよ」

スクエア型のプレートの中央に鎮座するバンズに、まずはマヨネーズとケチャップを塗りたくる。マヨネーズの油分には、野菜の水分がバンズに染み込むのを防ぐ役割がある。

俺の調理を見守っていた優月が、ぽそりと呟く。

「そういえばマヨネーズ……久しく食べてない……」

お次はチーズを纏った分厚いパティを、フライ返しでライドオン。肉の表面はじぶじぶと音を立てており、香ばしい。

「お肉もチーズも全然食べてない……」

続いて野菜。パティと並行で炒めていたタマネギのソテー、トマト、レタスの順に積み重ねると、ハンバーガーが一層ゴージャスになる。

「ハンバーガーにおけるタマネギのソテーなんて、もはやエンジェルリングじゃん……」

優月の心の防波堤には、着実に亀裂が広がっているようだった。が、しかし。

「これで用意した具材は一通りだな」

「ふ、ふふ……。なんとか耐えたわよ……！　どうやら今回は私の勝ちみたいね……！」

唇を強く噛み、額にうっすら汗を光らせた状態で優月が勝利宣言をする。

正直、ここまで耐えるとは予想外だった。

とはいえ仕事では完璧なアイドルも、プライベートの食事ではまだまだ隙だらけだ。

「じゃあレタスの次は、パティをもう一枚……」

「っ!?」

俺が二枚目の肉を載せようとすると、右腕に力が加わった。いつの間にか横に移動していた優月が、俺の手をつかんでいる。

「……そんなの聞いてなぃ……！」

優月が首を左右に振る。その瞳はうっすらと潤んでいた。

「そのパティ、鈴文のやつじゃなかったの？」

「いいや？　はじめから優月に食べさせるつもりだったぞ？」

「だって、用意した具材は一通りって……」

「あくまで種類の話だ。数や量に言及した覚えはないな」

「そ、そんな……」

腕の拘束を受けた状態で、俺は二枚目のパティをドッキング。

「お願い、もう止めて……」

セカンドミートから溢れた肉汁が、瑞々しい野菜をてらてらと濡らす。

徐々に優月の息遣いが荒くなる。激しい運動をした直後のように、湿り気を帯びた息が漏れていた。

「よし、この調子なら三枚目も我慢できそうだな」

「無理無理無理！　これ以上は絶対に無理ぃっ！」

思わず絶叫する優月。ここは角部屋で、隣はウチの部屋だから、いくら叫ぼうが悲鳴は誰にも届かないぜ。

三枚目は、これまでの二枚と比べて明らかに厚みがあり、チーズの量も多い。

「ド級の一撃、頑張って耐えてくれよ？」

「や、やめ……！」

ずどん。

特大のパティを載せると同時に、右腕の拘束が解けた。

「……無理って言ったのにいっ……♥」

優月はプレートの脇にあるバンズで肉に蓋をし、両手でハンバーガーを持ち上げる。そして大口を開け、勢いよくかぶりついた。

「んんんんんん～～～～っ♥」

もぎゅもぎゅ、しゃくしゃく、ざふざふ。いくつもの効果音が同時に響いた。肉から流出した脂が、優月の指先を光らせる。

「赤身肉のどっしりとした味わいが、新鮮なシャキシャキ野菜やこんがりザクザクのバンズとベストマッチ♥　粗微塵のパティを歯で掘削するたびに、お肉の旨みと黒コショウの薫香が溢れ出てくるの……♥　この、歯を使ってワイルドに引き裂く感じがたまんないっ。もはや食べるというより『狩り』よね、これはっ！」

爛々とした目つきで、興奮気味に肉を貪る優月。言葉の通り、獲物に槍を突き立てる狩人のようなたくましさが感じられた。

「チェダーチーズも相性ばっちり……♥　コクがあって、お肉の旨みを何倍にも増幅してくれるの。バンズと一緒に齧ると、こっちまでとろけそうになっちゃう♥」

食事中の優月は相変わらず饒舌だ。普段から食欲を抑えつけている反動だろうか。この光景は何度出くわしても、思わず目が引き寄せられてしまう。

「レタスとトマトがさっぱりしてるから、いつまでも飽きずに食べられる～。タマネギはバターで炒めてるのかな？　お肉と生野菜の橋渡しになってくれるねっ」

がぶっ

「一応マスタードも用意したけど、使わなくて大丈夫そうか？」

「使う――っ！」

俺が卓上に置いた瞬間に、横から伸びてきた手に奪われる。優月は立体アートを構築する新進気鋭のデザイナーのように、迷いなく黄色いウェーブを描いていく。

「ああ、辛さと甘さが折り重なって、具材が一段上のステージに引き上げられてる……♥

ジャンキーなようで上品、高貴なようで庶民的……。これぞハンバーガーの神髄……♥」

顔を覆うほどの標高を誇っていたハンバーガーは、今や優月の小さな手にすっぽり収まるくらいしか残っていない。

「深呼吸のたびに心地いいスモーキーな香りに包まれて、お肉のサンドイッチからは肉汁のせせらぎ。胃袋から全身に行き渡るヒーリング効果は、まさしく森林浴……♥」

間もなくハンバーガーはなくなってしまうだろう。だが食事はまだまだ中盤戦だ。

俺は秘密兵器をテーブルに置く。卓上フライヤーだ。

長方形の容器には、なみなみと油が注がれている。俺は容器から伸びたプラグをコンセントに差し、油を熱していく。

「ハンバーガーのお供といえばポテトだよな。もちろん食べるよな？」

俺がニヒルに問いかけると、優月のお腹が「ぎゅるる」と良い返事をした。

ツイスト状の短いジャガイモを油の海に泳がせること数分。熱々のポテトをボウルに移し、チリペッパーとパプリカパウダーを和える。

　鮮やかな赤の色味と香辛料の香りが食欲を掻き立てる、スパイシーポテトの完成だ。プレートにポテトを載せると、すぐさま優月の口という宇宙船へとアブダクションされる。

「ほふ、あふっ」

　両目をぎゅっと閉じたまま、舌でポテトを転がす優月。しばらく「あふあふ」と繰り返した後、喉を鳴らした。

「揚げたて熱々が食べられるのは、おうちごはんの醍醐味だよね♥　お芋の甘みにチリペッパーの辛みが合うっ♥　パプリカパウダーもブレンドしているから味が尖らずマイルドだね。ツイスト形状のおかげでスパイスがしっかり絡んでいるうえに、サクサクとホクホクが交互に楽しめる～♥」

　飲み物も忘れちゃいない。用意したのは、もちろんコーラ。優月はグラスに刺さったストローに唇を重ね、ごびごびと啜っていく。

「ハンバーガーセットなんてもう一生食べられないと思ってたけど、まさか自宅で楽しめるなんて……。お口で織りなすハッピーなセットが、終わりのないカーニバルを開いてる……♥」

　宴は続いてゆく。優月をメシの奈落に堕とすその時まで。

☆　☆　☆

「あああ、私はどうしていつもこう……」

食後、後悔に苛まれた優月は毎度のごとく、テーブルに頭をぐりぐりさせていた。

ハンバーガーもポテトもばっちり完食。見事な食べっぷりであった。

「仕事のピークはいったん過ぎたんだったか？　明日は朝からうまいメシを食わせてやるからな」

「次こそ負けないからね……！」

優月がのっそりと顔を上げると、唇の横に赤い液体が付着していた。

「おい、ケチャップが付いてるぞ」

「え、どこ？」

「唇の左、ここ」

優月が人差し指でケチャップを拭き取り、そのまま指先をぺろりと舐める。

食後の何気ない仕草に、俺は心拍数の著しい上昇を感じた。

あれは五月下旬の出来事。

優月がマンションに戻ってきた日、二人でファンミーティングの打ち上げをした。俺が手包みクレープを食べた時、ちょうど同じような位置に生クリームが付いてしまったのだ。

優月はそれを、自らの唇で拭き取った。

四捨五入で、頬にキスをされたと言えなくもない。

柔らかい唇の感触は、今でもはっきりと思い出せる。

俺の中で、あれは「ファンにオトすためのアイドルムーブである」と一度は結論づけた。

しかし、「やっぱりそういう意味だったんじゃないか」という考えをいつまでも捨て去れずにいた。むしろ日を追うごとにそっちの気持ちが膨らんでいる。

優月の想いを知りたい。でも踏み込むのは躊躇われる。

自問自答を何十回も繰り返しては、一人で苦悶する日々が続いていた。

ふと、ケチャップを拭き取った優月と目が合う。

「どうしたの？　そんなジッと見て。まだケチャップ取れてない？」

「……いや、そういうわけじゃなくて」

「だったら何よ」

「それは……その……」

優月はこちらに寄ってくるばかりか、顔まで近づけてくる。俺が意識してしまっているせいか、口から漏れた吐息がやけに艶めかしく感じた。薄い桜色の唇から、ますます目が離せなくなる。

「ちょっと、言いたいことあるならハッキリ言ってよ！」

その唇に見惚れていました、なんて答えられるはずもない。

見つめ合ったまましばらく言い訳を探していると、俺の視線が顔の下のほうを向いていることに優月は気付いたらしい。俺の唇に目を落とし、もう一度俺と目を合わせる。

次の瞬間、ボッ、と優月の顔が真っ赤になった。

「うぁ……」

何かを思い出したように、手の甲で口元を隠す優月。視線を逸らし、弱々しい声を漏らす。

「…………あまり、見ないで」

心臓がばくん、と跳ねるような感覚。

やっぱりそうなのか？　あの時のアレは特別な感情の証明で、優月は俺のことが……。

優月が少しずつ視線を戻し、再び目が合う。どちらも自分から顔を背けようとはしない。

胸の鼓動があまりにうるさくて、音が外に漏れ出てしまいそうだった。

誰でもいい、この状況を打破してくれ。でないと俺は、優月の唇に触れたい欲求を抑えきれなくなってしまう。

体が優月のもとへ勝手に吸い寄せられる。優月はなぜか逃げようとしない。俺をまっすぐ見つめたまま、何かを期待するようにじっとしている。

誰か、早く——。

ぴん、ぽーん。

リビングに鳴り響いたチャイムが、俺と優月(ゆづき)を正気に戻す。

「だ、誰だろっ、こんな時間に」

優月が慌てて立ち上がり、髪を手櫛(てぐし)で整えながら、リビング備え付けのモニターに向かっていく。

助かった。宅配業者かオーナーさんかは知らないが、あの状態が続いていたら、俺は一線を越えてしまっていたかもしれない。

「え……?」

優月が不穏な声を上げる。

俺も後ろからモニターを覗(のぞ)き込む。液晶画面には、帽子にマスク姿のいかにも怪しげな女が映っている。真っ黒なコートを羽織り、職質待ったなしの不審さだ。

女の手元に武器は見当たらないが、服の内ポケットに隠し持っている可能性も充分に考えられる。強盗か、あるいはストーカーか。最近は同性でもやっかいなファンは多いと聞く。

「優月、俺が行く」

「で、でも……」

「男と一緒にいるのがバレたらマズいかもしれないけど、このまま居留守を決め込んでも何をしでかすかわからない。念のため、一一〇番の準備だけしておいてくれ」

「ちょっと、鈴文(すずふみ)！」

ドアチェーンを外さなければ、無理やり侵入される心配はないはずだ。俺は鍵を開けて、少しだけ顔を覗かせる。

「どちら様ですか」

「……こちら、佐々木(ささき)優月さんのお宅で間違いないでしょうか」

目元も声も若々しい。二十代、あるいは十代の可能性もある。

「俺の質問に答えてください。誰ですか、あなたは」

「やっぱりわたしの知らない間に男を作っていたのね……。アポなしで訪問して正解だったわ……」

女は一人で納得した様子だ。いよいよストーカーの線が濃厚になってきた。

「あなたは何者？　どこでわたしの優月と知り合ったの？　正直に白状しなさい」

「その質問、そっくりお返しします。あなたこそ何者ですか」

「わたしは、優月の一番です」

自分を有須(ありす)優月の恋人だと思い込んでいるタイプのヤバいやつか。とすれば、これ以上正体を探ろうとしても無駄かもしれない。

いよいよ警察に通報するべきか迷っていると、玄関の段差部分で俺たちの話を聞いていた優月（ゆづき）がサンダルを履く。そして俺の横に立ち、あろうことかチェーンロックに手をかけた。

「おい、優月……！」

扉が開いていく。隙間から、黒ずくめの女の手がぬるりと伸びる。

玄関に武器になりそうなものはない。優月を避難させるのが先か、女の手を振り払うのが先か。迷っているうちに、ドアは完全に開いてしまった。

俺が二人の間に割って入ろうとした、その時。

「留々（るる）さんっ！」

優月が、黒ずくめの女を抱き締める。

それを受け、女は。

「優月〰〰〰〰〰〰〰〰っ！」

優月に負けじと、情熱的なハグをかますのだった。

一体なんだ、この状況は。

互いを力強く抱きしめる二人を前に、俺の思考は強制シャットダウンする。

「えっ、どうして留々さんがここにいるの？　泊まりのロケじゃなかったっけ？」

「どうしても優月が恋しくて、ホテル抜け出してきちゃった。明日の始発で戻れば集合時間にギリギリ間に合うから問題ないわ。それより大丈夫？　そっちの男に変なことされてない？　何度も言ってるけど、簡単に男を部屋に上げちゃ駄目よ？　優月はまだ十五歳なんだから、そういう関係になるのはまだ――」

「留々さん、そろそろ苦しいっ」

「駄目よ、まだまだ優月成分が足りないわ。もっとあなたの体温を感じさせて……？」

女は優月の胸に顔を埋め、深呼吸を繰り返している。

ようやく思考回路の再起動を終えた俺は、優月に質問する。

「なあ優月、その人って……」

優月成分の注入を終えた女はハグを解除し、帽子とマスクを外す。

明かりに照らされ、素顔が露わになる。

「お初にお目にかかります。わたし、【スポットライツ】のリーダー、衛本留々と申します」

翡翠を宿したような瞳が、まっすぐに俺を捉えていた。

☆　☆　☆

「……つまり話をまとめると、空腹で倒れた優月の介抱をきっかけに、日常的に食事をともにする関係になった、と」

「まぁ、大体そんな感じです」

先ほど、衛本さんにはおおよその事情を説明した。俺たちがお隣さん同士であること、俺が優月にメシを作っていること、決して付き合っているわけではないこと等々。

俺の前に新たなアイドルが現れた。

その正体は、五人組女性アイドルグループ【スポットライツ】のリーダー、衛本留々。

「るるぴょん」の愛称を持つ、高校三年生の十七歳だ。

静岡県静岡市出身。身長一五九センチメートル。血液型はA型。イメージカラーは緑。好きな食べ物はしゃぶしゃぶとあんこ（こしあん派）。

公式サイトにおけるグループの宣材写真、その左端に衛本留々は映っていた。

右の肩から垂れたルーズサイドテールの黒髪、キリッとした目元、どこか儚げな笑み。スマホの液晶画面に映っているアイドルと、俺の目の前にいる女性は、確かに同一人物である。

黒のサマーコートを脱いだ衛本さんは、肩の出た純白のブラウスにハイウエストのスカートという落ち着いた服装だった。十七歳にしては雰囲気が大人っぽく、大学生と言われても素直に信じてしまえる。

「粗茶ですが、どうぞ」

四角形のテーブルでは、優月と衛本さんが向かい合っている。俺は衛本さんの前にマグカップの緑茶を置いてから、空いているクッションに腰を下ろした。右隣に優月、左隣に衛本さんという位置関係だ。俺の視界に、人気アイドルが二人もいる。

「優月との関係は理解しました。ですが、いくら付き合っていないのだとしても、現役アイドルの家に入り浸るなど看過できませんね」

キッと俺を睨みつける衛本さんからは、先ほど優月とハグをしていた時のようなピースフルな雰囲気はまるで感じられない。

「それに真守さんのおっしゃることが事実なら、ひとつ疑問があります」

衛本さんはぴしっと指を立てる。

「あなたの作る料理は、優月にとって本当にベストなものでしょうか？」

「と、いうと」

「豚丼、ミラノ風ドリア、焼きそば、ラーメン、そして今日のハンバーガーにフライドポテト……。率直に申し上げて、健康的とは言い難いのでは」

ぐっ。そこを突かれると、正直痛い。

「で、でも、フライドポテトも一応野菜だし……」

「何　か　お　っ　し　ゃ　い　ま　し　た　か　？」

「いえ、なにも！」

衛本さんの纏う空気が瞬時に凍てついたような錯覚に陥り、俺は慌てて口をつぐんだ。

「……だとしても、チョコバーとかプロテインばかりの食生活よりはマシでしょう？　俺は優月に食の喜びをもっと知ってもらおうと……！」

「だからといって、ストイックな優月の邪魔をするのはどうかと思いますけどね」

衛本さんの目つきは険しかった。顔が良いだけに、眼光の鋭さが余計に俺の精神を抉ってくる。

「優月も駄目じゃない。こんな夜遅くにハンバーガーとポテトなんて食べたら。胃もたれして明日のダンスレッスンに悪影響よ？」

衛本さんが視線を正面に向けると、優月は子猫のようにシュンと縮こまってしまう。

「だっておいしそうだったんだもん……」

「～っ、真守さん！　優月にこんな顔させないでください！」

隕石サイズの流れ弾が飛んできた。どうやら衛本さんは優月に甘いらしい。

正直、今の状況は好ましくない。俺たちが今日までメシ堕ちバトルを繰り広げてこられたのは、ひとえに他者の口出しがなかったからだ。この戦いが世間の常識から逸脱していることくらい、俺も重々承知している。

それまで気まずそうにしていた優月が、沈黙から逃れるように衛本さんに話しかける。

「その、衛本先輩……」

「呼び方。動揺すると昔の呼び方に戻る癖がまた出てるわよ」

「……留々さん」

優月が言い直すと、衛本さんはむふー、と満足気な顔をする。

「優月、先月に引っ越しするかもって言ってたよね。直前で取り止めになったのは、やっぱり真守さんの影響なの？」

「それは……」

「わたしはお説教をしたいわけじゃないの。《姉》として、あなたを心配しているのよ？」

「姉？」

俺がおうむ返しをすると、衛本さんが嬉々として口を開く。

「わたしは優月が中学に上がる前から、ずっと面倒を見ているんです。それこそ実の姉のように。絆の固さなら、本物の姉妹にだって負けませんよ！」

自信満々に、衛本さんは胸を反らす。なるほど、《姉》を自称するくらい優月と親しいなら、マンションのオートロックの番号を知っているのも当然か。

「そもそも、ファンとプライベートで関係を持つなんてご法度よ？　どんなトラブルに巻き込まれるかもわからないし」

「鈴文は……私のファンじゃないよ。マンションの隣人として、私に世話を焼いてくれるってだけで。現に鈴文には何度も助けてもらって……」

「そういう問題じゃないでしょ。危険な目に遭ってからじゃ遅いの」

衛本さんの口ぶりからは、優月の身を案じているのが痛いほど伝わってくる。彼女の言い分は間違っていないからこそ、俺からは強く出にくい。

とはいえここで素直に引き下がるくらいなら、俺ははじめからメシ堕ちバトルなんて始めちゃいない。

「衛本さん、あまり優月を責めないでやってください。元はといえば、俺がメシを振る舞ったのが原因で……！」

ひとまずはこの場を収めるのが先決だ。俺たちの聖戦を中途半端な形で終わらせるわけにはいかない。

「待って、鈴文は悪くないよ。私がごはんを食べなければ済む話なのに、私の意志が弱かったせいで……！」

優月が胸に手を当てて熱弁する。衛本さんを見つめる瞳に、迷いはない。

「待て、俺のほうがはるかに重罪だ。俺がもう世話を焼く必要がないくらい、優月の食生活を自立させられていれば」

「私だって、もっとアイドルとしての魅力に満ち溢れていたら、鈴文はとっくに私のファンにオチていたはずで」

「いやいや俺が……！」

「いやいや私が……！」

いつしか俺たちは衛本さんそっちのけで、己の未熟さを主張していた。

「〰〰っ、二人とも、いい加減にしなさいっ！」

びりびりと声が響く。衛本さんの一声で、俺と優月は同時に押し黙った。

「こっちは真剣に考えているのに、何をじゃれついているのですか！」

「いや、俺たちはじゃれついてなんか……」

言い訳をしていると受け取ったのだろうか、衛本さんの眉がひくひくと動いていた。再び怒号が飛んでくるのではと、思わず身構える。

「真守さん、ストレートに申し上げます」

「は、はい。なんでしょう」

俺の背中を冷や汗が伝う。

「今すぐ優月のお世話係をやめてください」

「お断りします」

考えるより先に、口が動いていた。

あまりの即答に、衛本さんは目を見開いている。

「……どうしても？」

「はい、どうしても。これだけは絶対に譲れません」

衛本さんが深いため息をつく。

「……そこまで態度が頑なら、強硬手段に出るしかなさそうですね」

どうやら交渉は決裂したらしい。もし事務所に告げ口されてしまったら、俺にはどうすることもできない。

いっそのこと優月を連れて逃げ出すか？　でもどこに行けば。やはり衛本さんを説き伏せる以外に切り抜ける方法はないだろうか。

俺が思案に暮れている間に、衛本さんが勢いよく立ち上がった。

そして、高らかに宣言する。

「これからは、わたしが優月のお世話係になりますっ！」

「「…………え？」」

俺と優月は、同時にぽかんとする。

「あの、それはどういう……」

「真守さん、あなたは優月に毎日ちゃんとごはんを食べてほしいんですよね？」

「え、ええ。まぁ」

「ならばその役割、わたしが請け負いましょう。わたしの作る健康的なごはんで、優月の食生活を改善させてみせます！」

待て待て。話の方向が斜め上すぎる。

「無論、食事以外の面倒もわたしが見ますからね。睡眠時間の管理、メンタルトレーニング、現場の送り迎え……。もうあなたの出る幕はありませんよ！」

メシをどうするかって話だったはずなのに、身の回りのお世話にまで話が拡大している。

だが衛本さんの表情はいたって真面目だ。

やれやれ、やっぱり芸能人は変人が多いのだろうか。俺ですら食事以外のお世話は常識の範囲内に留めているというのに。せいぜい週二で部屋の掃除を手伝うとか、家計簿をつけてやるとか、消耗品のストック状況をリスト化したうえで近隣スーパーや通販サイトの底値情報を都度更新するとか、おすすめの保険をライフステージ別に提案するとか、それくらいだ。

「というわけで真守さん、あなたの役目はこれまでです。お勤めご苦労様でした」

衛本さんの常軌を逸した思考は、俺みたいな一般人では到底理解できない。

腕を組み、フフンとふんぞり返る衛本さん。顔には俺への優越感がにじみ出ている。

……さっきから勝手なこと言いやがって。リーダーだか姉だか知らないが、今さら優月のお世話を他人に任せてなるものか。

　俺は、不安げな眼差し（まなざし）を向けてくる優月を一瞥（いちべつ）する。そして勢いよく立ち上がり、衛本さんを睨み（にら）つけた。

「そっちこそ、仕事と私生活は切り分けたほうがいいんじゃないですか？　俺は佐々木（ささき）優月のお隣さんなんです。プライベートの付き合いにまで口出しされたら、優月だって迷惑でしょう！」

「わたしと優月は上京当初からの付き合いなんです。三年以上にわたって姉妹としての絆（きずな）を育んできたという自負があります。たった数か月しか接点のないあなたとは格が違うんですよ、格が！」

「歴でマウントを取ろうだなんて、器が小さいんじゃないですかねぇ！」

　俺たちは格闘技の記者会見のように、顔を寄せて主張をぶつけ合っていた。優月は俺と衛本さんを交互に見て、オロオロするばかりだ。

「二人とも待ってよ！　いったん落ち着いて――」

「優月。わたしは《姉》として、この戦いから背を向けるわけにはいかないの」

「優月にはしっかり見届けてもらうぞ。俺と衛本さん、どちらかが倒れるまで」

　座ったままあたふたする優月をよそに、俺と衛本さんは視線で激しく切り結ぶ。

「わたしは栄養満点の食事で優月(ゆづき)を健康にする」
「俺は、優月を『背徳メシ』でメシ墜(お)ちさせる」

新たな試合のゴングが鳴る。

こうして、アイドルと男子高校生の、優月を賭けた戦いが幕を開けた。

ROUND. 2 「うぬぐぅ……」

金曜日の夜といえば、学生もサラリーマンも思い思いの夜を過ごす、一週間の中で楽しさの最大瞬間風速を誇る時間帯である。

例えばクラスメートであり友人の穂積は今日の昼休み、「今夜は彼女と水族館デートだぜ！　晩メシは回らない鮨屋でコース料理に舌鼓だ！」と興奮気味に語っていた。交際が順調なのは何よりだけど、その順序は正直どうかと思う。

なお恋人の正体は、俺たちが通う都立織北高校の女教師である。担当教科は日本史。

禁断の恋に突っ走る穂積の恋愛観は意外とピュアらしく、春休みに交際を開始してから約二か月、今日という今日こそキスをするのだと息巻いていた。彼に心の中でエールを送りつつ、俺は810号室のチャイムを鳴らす。

少し間を置いて、扉が開いた。中から現れたのは、現役アイドルでありお隣さんの佐々木優月だ。

「……鈴文、昨日ぶり」

優月はどこか気まずそうな顔をする。

「今日も……だよな」

「うん……とりあえず上がる？」

「それじゃあ一応、お邪魔します……」

リビングに向かう俺たちの間には、どこかもにゃっとした空気が流れている。喧嘩をしたわけじゃない。トラブルがあったわけでもない。だがどうにも居心地が悪い。

ローテーブルには、すでに数々の献立が並んでいた。ライ麦パン、春雨サラダ、茹でブロッコリー、キノコとかきたまのスープ、少量のミックスナッツ。

なんというか、とてもお上品なメニューだ。現役モデルのSNSにでも投稿されていそうなラインナップ。これを用意した人物が誰なのかは、考えるまでもない。

衛本留々。

アイドルグループ【スポットライツ】のリーダーにして、優月にとって東京の《姉》。

——これからは、わたしが優月のお世話係になりますっ！

あの宣言は、その場限りのものではなかったらしい。この三日間、衛本さんは欠かさず優月のメシを用意している。俺の作るカロリーたっぷりの料理が「背徳メシ」なら、衛本さんの健康的な料理はさしずめ「道徳メシ」といったところか。

　俺は、テーブル手前のクッションに腰を下ろす。持ってきたオカモチの中に入っているのは、コップ一杯のウーロン茶。専門店で茶葉を調合してもらった、オリジナルブレンドだ。

　手ぶらで訪れるのは負けを認めるようで悔しかったので、せめて飲み物だけでも持ってきたというわけだ。俺がおずおずと差し出すと、優月は「ありがと」と素直に受け取った。

　その後、「いただきます」と静かに手を合わせた優月は、テーブルに並んだおかずを淡々と胃に収めていく。

「衛本さんって昔からあんな感じなのか？」

　ブロッコリーを飲み込んだ優月は「うーん」と思考を巡らせる。

「こうやってごはんを用意してもらうのは初めてだけど、デビュー前からずっと気にかけてもらってるよ。私も、プライベートで何かあったら真っ先に留々さんに相談してるし」

　優月の語り口からは、衛本さんへの信頼が感じ取れた。

「私って、アイドル活動のために上京したじゃない？　当時はお父さんも一緒に住んでたけど、お母さんは地元に残ってたし、正直最初は心細かったんだよね。でも留々さんが休日のたびに買い物とか映画とか連れ出してくれて、一緒の時間を過ごしているうちに、いつしか寂しさもなくなってきたんだよね」

　初めての土地、初めての仕事、初めてのアイドル活動。期待と不安が入り混じっていたであろう優月にとって、親身に寄り添ってくれる人がいるのはさぞ心強かったに違いない。

「練習終わりは、二人でスタジオ近くのカフェに行くのがお決まりの流れでさ。私はレモンティーで、留々さんはブラックのホットコーヒー。店員さんにもすっかり覚えられちゃった」

衛本さんとのエピソードを語る優月の瞳は、後輩ではなく《妹》のそれだった。

「今回だって、留々さんがせっかく手間暇かけてごはんを用意してくれたんだから、私も少しは食生活を改善しないと！　低糖質・低脂質を心掛けて、三食しっかり取らなきゃ！」

優月は箸を置く気配もなく、規則的に口へ運んでいく。

「……優月はそれでいいのかよ」

メシを食べさせられない現状が面白くなくて、俺はついそんなことを口走ってしまう。

「どういう意味？」

「ボリュームもカロリーも最小限の道徳メシで、今さら満足できないだろ」

そりゃ、春雨サラダやスープだっておいしいけど、優月の好物は豚丼やお好み焼きといったガッツリ系メニューのはずだ。衛本さんのメシには圧倒的に背徳感が不足している。

俺の言葉を聞いた優月が、わずかに口角を上げる。

「そんなこと言って、実は鈴文が寂しいだけなんじゃないの？　私にごはんを作れないからって」

あっという間に見抜かれてしまった。だが素直に認められるなら苦労はしない。

「……別に、そんなことは」

「またまたー。急にしおらしくなっちゃって、図星でしょ」

優月は得意顔で、これ見よがしに衛本さんの手料理をパクついている。

「そっちこそどうなんだよ。本当は俺のメシが恋しいんじゃないのか？」

「そ、そんなわけないじゃん！　全っ然平気だし？」

食事を平らげた優月は、強気な態度のままウーロン茶に口をつける。

その表情はどこかわざとらしい。やがてメッキが剥がれ、一抹の寂しさを覗かせる。

「……でも、鈴文とごはんが別々なのはちょっとだけ……つまんない」

唇を小さく尖らせ、グラスをぎゅっと握る。

「ねえ、明日は一緒に——」

優月の台詞をさえぎったのは、スマホの着信音だった。テーブルの隅に置かれた優月のスマホが明滅している。

液晶画面には、見知った名前が表示されている。

優月は俺を一瞥した後に通話ボタンを押し、耳に当てる。

「もしもし？」

『優月、おつかれさま。夜ごはんはちゃんと食べた？』

芯のある明朗快活な声が、俺のところにまで届いてくる。衛本さんだ。

「うん、ちょうど食べ終わったところ。ごちそうさま！」

『いーえ、可愛い妹のためだからね。ところで優月、確か明日は夕方までフリーだったよね？』

「え？　うん」

『良かった。チャットでリンク送ったから、確認してもらえる？』

優月が耳からスマホを離し、液晶画面の中心をタップする。俺が様子を見守っていると、顔を上げた優月がちょいちょいと手招きした。

横からスマホを覗く。ディスプレイには自然動物公園の案内が表示されていた。

『近頃大型のお仕事が続いて疲れてるでしょ？　睡眠や休息も大事だけど、メンタルケアもあなどっちゃいけないわよ。たまには可愛い動物たちに癒されてみない？』

自然動物公園のホームページによると、陸の生物に限らず、大きな水族館でないとお目にかかれないような海の生物もいるとのこと。動物との触れ合いコーナーもあるそうだ。

『優月、こないだの動物園ロケがドラマ撮影と被っちゃって、一人だけ参加できなかったもんね。あそこは遠いし人も多いからプライベートじゃ難しいけど、ここなら優月のマンションからでも行きやすいし、どうかなって』

「覚えてくれてたの？　もう何か月も前の話なのに」

『だって、ものすごく行きたそうにしてたんだもの。忘れるわけがないわ』

「へへ、そっかぁ」

電話をする優月の表情は綻んでいた。照れくさそうに頬(ほお)を掻(か)き、声も緩んでいる。

『で、予定は大丈夫そう？　もちろんほかに用事があればそっちを優先してもらって構わないわよ』

「行きたい！　絶対行くっ！」

優月がこんな風にはしゃいでいるのは珍しい。なんとなく普段より幼いというか、甘えた感じというか。

ふと、優月と目が合った。

「その、良かったら鈴文(すずふみ)も……」

瞳には一瞬、何かを期待するような色が浮かんだ。だがすぐに寂しげな表情に変わってしまう。

「……ううん、何でもない」

俺は一介の男子高校生だ。メンタリストのように他人の本心を分析する知識もなければ、アイドルのようにファンの心理を読み解くコミュニケーション力もない。それでも、優月が俺に何を願ってくれたのかは容易に想像がついた。

「衛本さん、真守(まもり)です！」

「うぬぐぅ……」

俺は優月のスマホに自分の顔を近づける。

『……どうしてあなたは、当たり前のように優月と一緒にいるのですか』

衛本さんの声のトーンが、急に低くなる。そりゃ愛しの《妹》が男と一緒にいたら、不機嫌にもなるか。

『先日も申し上げた通り、優月のお世話は私が引き受けますのでご心配なく。これ以上優月と同じ部屋の空気を吸うことは許しませんよ！』

溢れ出るライバル心を隠そうともせず、衛本さんは全力で牙を剥いてくる。

これから俺が言おうとしていることは、優月の迷惑になるのかもしれない。少なくとも衛本さんには反対されるだろう。それでも何もしないまま、二人の電話を見届けることはできそうになかった。

俺は大きく息を吸い込み、意を決して申し入れる。

「自然動物公園、ついていってイイですか？」

☆　☆　☆

俺と優月の暮らすマンションから電車で三十分ほどの距離に、区が運営する「織北(おりきた)自然動物公園」がある。

一般的な民営の動物園と大きく異なるのは、敷地内にスポーツ用の運動広場や庭園、釣り堀など様々なスポットが存在する点だ。しかも入場料は無料ときた。さすがは区営。

無料でも人がまばらなのは、駅から離れた場所にあるからか、それとも区の宣伝が足りないからか。

昨晩、俺は優月の電話に割り込み、同行を願い出た。

「いやあ、最近俺も家事とか勉強とか実家の店の手伝いとか忙しくて、疲れがなかなか抜けないんですよ。病院もマッサージも整体も鍼灸も行ったんですが一向に回復の兆しが見られなくて。不調の原因は体じゃなくて心かもしれません。ずっと情緒不安定だし、このままいくと自分でも何をしでかすか！　一人でいるのが心細くて、朝から晩までお隣さんの部屋に入り浸っちゃうかもしれませんねぇ！」

俺は一気にまくしたてる。大事なのは質より量だ。反論の隙を与えないほどに言葉をねじ込み、勢い任せに押し切る。

明らかな嘘(うそ)だと見抜かれていただろうが、それでも最終的に衛本さんが俺の参加を認めてくれたのは、ひとえに優月のフォローがあったからだ。

「留々(るる)さん、私からもお願い！　鈴文(すずふみ)には勉強を教えてもらったり、学校でも助けてもらったり、お世話になりっぱなしなの。恩返しさせて！」

衛本さんは長い沈黙の後に、『……妹が受けた恩を返さないわけにはいかないわね』と、しぶしぶ俺の同伴を許してくれた。

ちなみに優月とは現地集合である。マンションの部屋が隣同士なのに、なぜ別行動をしているのか。その理由は大きくふたつ。

ひとつはマスコミ対策。同じマンションから出発し、共通の目的地に向かい、一緒に施設を回ったとなれば、それは完全なるデートである。実際の参加メンバーが三人とはいえ、悪意ある切り取りによってスキャンダル記事をでっち上げられる可能性もゼロではない。俺が優月に恋愛的な好意を抱いているからこそ、熱愛疑惑によって優月に不利益を及ぼすわけにはいかないのだ。

そしてふたつめの理由。

現地集合のほうが、デートっぽいじゃん？

いや、こっちの理由はあくまでオマケというか、副産物みたいなものである。

普段はパーカーやゆったりしたTシャツなどのラフな格好を好む俺が、わざわざ襟付きのジャケットを羽織っているのも、単にほかの服が洗濯中だったというだけで。

別に、初めて優月と外出できるのが楽しみだったとかじゃないし！　昨日自分の部屋に戻った直後、慌てて穂積に電話でおすすめのコーディネートを訊いて、閉店間際のアパレルショップに駆け込んでなんかないし！　一時間以上前に集合場所に到着したのだって、電車の遅延を心配しただけだし！

まだ開園時間前ということもあり、あたりは静寂に包まれていた。

ドーム三個分の広さを誇る自然動物公園を車道が囲い、道路には古ぼけたオフィスビルやマンションが等間隔に立ち並ぶ。しかし車の往来もなければ散歩する人の姿もない。まるでこの一帯だけ、時間が止まってしまったかのようだ。

到着から数分。このまま待つのもさすがに暇だし、どこかで時間を潰そうか。とはいえコンビニも喫茶店も見当たらないし、どうしたものか。

周囲を見回していると、後ろからぽん、と肩を叩（たた）かれた。

「おはよっ！」

振り返ると、明るい笑みを浮かべた美少女がいた。

艶（つや）のある黒髪は、うなじの位置でまとめられている。大きな瞳を覆うのは丸型フレームの眼鏡。服装は白のブラウスに花柄のミニスカート。腰の位置にはブラウンのミニショルダーバッグが掛かっている。全体的にガーリーな雰囲気で、モデル雑誌からそのまま飛び出してきたかのようだ。

「おはよう、優月。ずいぶん早いな」

俺の返事に、なぜか優月は目を見開く。

「……いつもと雰囲気変えたのに、よく気付いたね」

「そりゃ気付くだろ。毎日一緒にいるんだし」

髪や顔といった特徴的な部分にアレンジを加えたところで、優月（ゆづき）は優月だ。何気ない仕草、声のトーン、愛くるしい笑顔。判断ポイントはいくらでもある。

「……ふーん」

「なんだよ」

「べっつにー」

当たり前のことを言ったつもりだが、なぜか優月はニマニマしていた。

「それよりどう？　今日は頑張ってオシャレしたんだけど。だってデートだもんね？」

「デッ……！」

優月が上目遣いで俺を見つめてくる。眼鏡を隔てていても、色素の薄い瞳の光彩は透明感があって、宝石のように美しい。

「『アイドルと一日デート権』。家二郎（いえじろう）の時はおうちデートだったけど、今回は動物園デートだもんね。鈴文（すずふみ）を楽しませて、今日こそファンにオトしちゃうんだから！」

「……あまり羽目を外さないようにな」

なんとか平静を装い、当たり障りない返事をする。

危なかった。てっきり優月も俺と外出するのを楽しみにしてくれていたのかと。油断するとすぐ調子に乗ってしまいそうになる。いい加減、恋愛偏差値の低さをどうにかしたい。

「ほら、服の感想は？」

俺の薄いリアクションに業を煮やしたのか、ムッとした表情で顔を近づけてくる優月。こういう時は下手にこねくり回さず、ストレートに賞賛するのが一番だ。

「ああ、よく似合ってるよ」

「そう？　ま、これくらいアイドルとして当然よね！」

「外出用の私服姿が新鮮っていうのもあるけど、何を着てもサマになるっていうかさ。やっぱりスタイルが良いからだよな」

「あ、ありがと」

「眼鏡を掛けてると引き締まった印象になるし、知的な感じがするよな。でも堅苦しいわけじゃなくて、むしろあどけなさとのギャップが魅力っていうか」

「……うん」

「バッグは優月の可愛さと親しみやすさを一層引き立ててるし、ソックスの差し色も明るい雰囲気に一役買ってるな。ネックレスはシンプルだけどアクセントになって――」

「も、もういいから！　これ以上褒めないでいいから！」

優月は顔を真っ赤にして、手のひらを突きつけてくる。あまりジロジロ見るのは良くなかったか。

こほん、と咳払いをした後、優月は俺の服装を下から上まで目で追っていく。

「鈴文も、普段と雰囲気違ってカッコいいじゃん」

「……そうか？」

あ、なるほど。真正面から褒められると、嬉しいけどめちゃくちゃ恥ずかしい。

思えば、幼なじみ以外の異性と休日に遊びに出かけるのは生まれて初めてだった。

意識した途端、背中にうっすら汗が浮かんできた。こちらの緊張を悟られようものなら、絶対優月にからかわれてしまう。なんとか年上の余裕を保たなければ。

「衛本さんが来るまでここにいても人目につくし、駅前のカフェとかに移動するきゃ？」

噛んだ。死んだ。

「そ、そうだね」

優月も噛んだ。

二人とも羞恥心に見舞われ、俯いてやり過ごすことしかできなかった。

「あら？　二人とも早いのね」

顔を上げると、つばの狭い麦わら帽子を被った衛本さんがいた。

ノースリーブのサマーニットにロングスカート、大きめのトートバッグというシンプルな出で立ちで、上品なオーラが漂っている。ルーズサイドテールの黒髪も相まって、お忍びで観光地を訪れた令嬢のようだ。初対面の時は黒ずくめの犯人面だったから忘れかけていたけど、この人も優月と同じく現役アイドルだという事実を今さら思い出す。

「ふふ、優月とお出かけなんて久しぶり。今日はすっごく楽しみにしてたのよ？」

ノータイムで優月に抱き着く衛本さんは、子どものように無邪気な笑みを浮かべる。

「……さて、と」

衛本さんが俺のほうへ目線を移すと同時に、にこやかな雰囲気が一気に霧散する。

「真守さん、今回はどうしてもというので同行を認めましたけど、今日の目的は優月のストレス解消ですので。どうか優月の邪魔だけはしないでくださいね？」

俺は眉間に皺が寄りそうになるのを堪え、愛想笑いを浮かべる。

「本日はお世話になります。優月のお世話は俺に任せて、衛本さんは一人で動物園を満喫していただいても構いませんので」

お世話対象を真ん中に挟み、俺と衛本さんが真っ向から視線で火花を散らす。

「ほ、ほら！　もうちょっとで開園時間だよ！　二人とも、早く行こっ！」

空気が張りつめているのを察した優月が、上擦った口調で先導する。俺たちはいったん矛を収め、優月の両脇に並んで入場口に向かう。

俺と衛本さんの体から立ち昇ったどす黒いオーラが、頭上で激しくぶつかり合っていた。

☆　☆　☆

「可愛いいいいぃぃぃぃ〜〜……」

柵の内側に設けられた岩場では、数羽のペンギンがよちよちと行進していた。優月は小さな子どものように柵をつかんで目を輝かせ、白黒カラーの鳥たちに夢中になっている。以前に家二郎を食べた後、「ペンギンにあまり興味はない」と言っていたような気もするが、いざ本物を前にしたらすっかり悩殺されてしまったようだ。俺も久々にペンギンを見たけど、あまりの愛らしさについ惹きつけられてしまう。

羽づくろいをしている子や、水辺でうたた寝している子。各々が伸び伸びと過ごしており、学業や仕事に追われる都会の現代人とは真逆の存在に思えてくる。優月はペンギンの動きを目で追っては、動きの一つひとつに顔を綻ばせる。それを見守っているだけで俺もほっこりした。

　動物園を訪れるのは俺も久しぶりだったが、普通に楽しんでいた。周囲の人々も動物に心を奪われており、優月や衛本さんが身バレする心配はなさそうだ。

「私、東京の動物園って初めてなんだけど、色々な動物がいてすごいね！」

「中学の遠足とかで行かなかったのか？」

「上京してからは仕事優先だったし、学校行事はあまり参加してこなかったんだよね。修学旅行は京都だったらしいけど。私もたまには旅館で熱いお茶でも飲みながら羽を伸ばしたいなぁ」

すいすいと泳ぐペンギンを視線で追いながら、優月は瞳に哀愁を宿した。自分の選んだ道に後悔はないにせよ、普通の学校生活に憧れもあるのだろう。

「ペンギンはいつだって自由そうだよね。きっと悩みとかないいんだろうなぁ」

「そうとも限らないわよ？」

それまで俺と優月の話に耳を傾けていた衛本さんが、会話に入ってくる。

「このフンボルトペンギンは、世界的には絶滅危惧種に指定されている動物なの。餌である魚の減少などが原因でね。それにペンギンは悠々自適な生活を送っているって思われがちだけど、天敵も少なくないんだから。カモメとかアザラシとかね。芸能界と一緒で、彼らも生き残るのに必死なのよ？」

「やっぱり世の中甘くないいんだねぇ」

ペンギンを見る優月の瞳には、尊敬の念がこもっていた。

「衛本さん、ずいぶん詳しいですね。動物好きなんですか？」

「え、ええ。優月の《姉》として、これくらい当然です！」

手の内側にあるカンペを時折チェックしていた件は触れないほうが良さそうか。優月を楽しませるためにここまで入念に準備してくるとは、なかなかやるじゃないか。

優月は隣のエリアに移動し、今度は餌を頬張るカバに釘付けになっている。

「誰かがごはん食べてるところって、なぜかずーっと眺めていられるよね……」

お前がそれを言うのかよ！　いや、わかるけどさ。

きっと、人には食事シーンでしか摂取できない栄養素があるのだ。

「あのカバだけ、色が赤いね。珍しい品種なのかな？」

赤いカバというワードに、衛本さんが瞬時に反応する。まるで問題集の内容がそのままテストに出たことに歓喜する受験生のように、満面の笑みを浮かべている。

「あれはズバリ、汗の色ね！」

「汗？　汗が赤ぃの？」

「もともとは無色の粘液が、分泌後に赤く染まるんだって。カバには体毛がないから、体を保護する役割を持っているそうよ」

「へぇ～」

もしや園内にいる動物すべての蘊蓄を仕入れてきたのだろうか。お誘いこそ昨日の晩だったが、下準備はずっと前からしていたのかもしれない。

「ほかには何か訊きたい動物の雑学はあるかしらっ？　何でも答えるわよ？」

興が乗ってきたのか、衛本さんが前のめりに尋ねてくる。

「じ、じゃあ、あっちのツルとか……」

衛本さんの瞳がひときわ輝いた。こちらもばっちり予習済みだったらしい。

「あれはツルの中でもタンチョウという品種ね。日本では七種類のツルが観測できるけど、国内で繁殖するのはタンチョウのみよ。北海道東部の湿原では、一年中姿を確認できるらしいわ！」

「そ、そうなんだ」

鼻息を荒くして解説する衛本さんに、優月が若干頬を引きつらせる。

「タンチョウといえば掛け軸や屏風によく描かれているわよね。松の木にとまっている絵なんかも定番だけど、足の形状的に、実際は幹にはとまれないんですって。ほかにも『鶴の恩返し』に登場するツルって、本当はコウノトリなんじゃないかって説があってね。その根拠は……」

いくら飲み込みの早さに定評のある優月でも、さすがにキャパシティが限界のようだった。目元にはぐるぐるとした渦が浮き出ている。

「衛本さん。説明はその辺にして、まずは一通り回りませんか？」

「……それもそうですね。ひとまず一周目は観察に集中しましょうか。そのほうが情報も頭に入ってきやすいでしょうし」

二周目もあるのかよ。どうやら今日は長い一日になりそうだ。

「ほら優月、次のエリアに行くわよ。はぐれないように手、握って？」

「えっ、でもそんなに混んでは……」

「わたしが優月と手をつなぎたいの。ほーら」

衛本さんは優月の手を取ってご機嫌だ。優月もまんざらではない様子。

ふと、衛本さんがこちらを振り向いた。

「真守さんも楽しんでますか？」

「え？　ええ」

「なら、連れてきた甲斐があるというものですね」

にこりと笑顔を見せ、自分の隣を歩く優月に向き直る。

衛本さんの笑みは、優月にも負けないくらい可憐だった。

今日の俺は両手に花どころではない。こうして何気なく同じ時間を共有しているけど、どちらも日本中を魅了する人気アイドルなのだ。

やがてニホンリスのコーナーを見つけた優月が衛本さんの手を放し、柵に駆け寄る。俺と衛本さんの二人がその場に残される。

「……衛本さんは、どうして優月のお世話をするんですか？」

内面が少しわかってきた今だからこそ、訊いてみたいと思った。

少しだけ考える素振りを見せた後、衛本さんはさもありなんと答える。

「真守さんと同じですよ。好きでやっているんです。優月のためなら、苦でも何でもありません」

「……なるほど」

それを言われてしまったら、反論のしようがない。

俺たちは方針や主義こそ違えど、優月を想（おも）う気持ちは同じなのだ。

☆ ☆ ☆

動物園をしっかり二周した後、俺たち三人は敷地内にある庭園を散歩していた。松が生い茂る石畳の林道、等間隔に並んだ灯篭（とうろう）、池の向こうに佇（たたず）む平屋の建物。まるで観光地を訪れたような気分だ。小川のせせらぎを聞いていると、心が浄化されていく。

俺たちは庭園の外れにある、木造の東屋（あずまや）で一休みすることにした。正面以外の三方は壁に囲まれているため人目につきにくく、休憩にぴったりだ。

「はぁ、歩き回ったらお腹空（なかす）いちゃった……」

優月の何気ない一言に、俺と衛本さんの瞳が同時にギラリと光る。

「「優月、お昼ごはんにしよう!!」」

俺と衛本さんが口を開いたのは同時だった。優月の右隣から俺が、左隣から衛本さんが昼食を取り出す。優月の膝の上あたりで、ナプキンに包んだ弁当箱とランチバッグが激しくぶつかる。

「あら真守さん。手ぶらでお越しくださいと何度も申し上げたのに」

悪役令嬢のように不遜な笑みを浮かべる衛本さん。

「衛本さんこそ、今からでも棄権は受け付けますよ？」

対する俺も、デビルスマイルを崩さない。

俺にとって本日のメインイベントは、動物園巡りではない。


昼食対決である。


昨晩の電話で、衛本さんはお昼ごはんを持っていく旨を話していた。だが俺も貴重なメシ堕ちチャンスを逃すわけにはいかないと、弁当の持参を申し出た。両者譲らないまま終話した結果、優月の目の前に二種類の昼メシがあるという状況が生まれたわけだ。

そもそも優月は、別に衛本さんのものってわけじゃないし？　もし彼女が《姉》の権限で優月を独占しようとするなら、俺が横からNTRもといMTRするまでだ。

「わたしは今日のお昼のために、朝七時からお弁当づくりを始めていたんです。邪魔しないでいただけますか？」

「それなら俺は六時半なので、譲ってくれますよね？」

「もっと言えば、わたしは昨晩のうちから仕込みをしていたので！」

「俺は仕込みどころか、今日のためにフライパン新調しましたけどね！」

いつしか俺たちは立ち上がり、互いに睨み合う。西部劇で拳銃を抜くタイミングを見計らうガンマンのように、静かに相手を見据える。

沈黙が続くこと数秒。俺たちは同じタイミングで視線を優月のほうへと向けた。

「「優月!!」」

「えっ、はい！」

突然名前を呼ばれた優月が姿勢を正す。

「俺たちの弁当を食べて、どっちが優れているか審査してくれ。衛本さんに、敗北の味ってやつを教えてやるんだ」

「優月、わたしたち姉妹の絆を見せつけてあげましょう？」

優月は俺たちの圧に耐えきれなかったようで、ぎこちなく首を縦に振った。

「真守さん、どうせなら罰を決めませんか？　負けたほうは優月のお世話係を引退ということでいかがでしょう」

「それぐらいやらないと面白くないですね。受けて立ちましょう！」

「……ふふ、ふっふっふ」

「……ふふ、ふふふ」

「あっはははははは！」

「ふーはははははは！」

俺たちは己の力量を誇示するかのごとく、高笑いする。勝負を制すには気合いからだ。

優月が一人だけ怯えた目をしているのはこの際気にしない。

審査基準は単純明快。どちらの料理が優月をより喜ばせられるか。

「じゃあまずは俺から……」

「先攻はわたしね！　はい、どうぞ！」

俺の弁当箱を押し退け、衛本さんがランチバッグの中身を取り出した。

まぁいいさ。真の強者は遅れて登場するものだ。せいぜい俺の前座を頑張ってくれ。

袋の中から現れたのは、二種類の容れ物。

まず衛本さんが優月に渡したのは、蓋をしたプラスチックのカップだ。中にはプチトマト、ブロッコリー、乱切りのキュウリが入っている。

「ここにノンオイルの和風ドレッシングを入れて、カップをよーく振る。すると調味料が均一に絡んで、少ない量でも満足感が生まれるのよ」

シェイクサラダというやつか。コンビニやカフェで売っているのを見かける。

そしてもう片方の容器には、オートミールおにぎりと、肉団子。いずれも一口サイズで、食べやすいようピックが差してある。

以上が衛本さんの用意したメニュー。見た目の華やかさやヘルシーさに目が行きがちだが、注目すべきはその手軽さだ。サラダの具材はゴロゴロしているので、箸やフォークを使わずともピック一本で食べられる。

「外出先に、必ずしもテーブルや平台があるとは限らないからね。わたしたちアイドルは、どんな状況でも手早く効率的に栄養を摂取する必要があるの」

敗者への罰を設けただけあって、衛本さんはずいぶん自信があるようだ。肉あり野菜ありとバランスが良い。

「まずはサラダから食べてね。血糖値の上昇が緩やかになるのよ」

「……いただきます」

優月はブロッコリーに桃色のピックを突き刺し、口に運ぶ。続けざまに、プチトマトとキュウリも。しゃくしゃくと小気味良い音が東屋に響く。

「どう？　おいしい？」

衛本さんが期待に満ちた眼差しを向ける。

次の瞬間、俺はとんでもないものを見た。

無。

あるいは虚ろ、宇宙、無限、仏教における空。

だ。
優月の双眸から、一切の光が消えていた。空腹の彼女に、ヘルシーは響かなかったよう

「…………」

まるでロボットのように顔の筋肉を一切使わず、口だけを規則的に動かしている。

「優月ったら、言葉も出ないくらい感動しているのね。これはわたしの勝ち確定かしら?」

衛本さんは《妹》の異変をまったく察していない様子だ。それどころか自分の勝利を信じ切っている。

二番手、優月がチョイスしたのはオートミールおにぎり。白胡麻とひじきを混ぜてあるようだ。口の中から、プチプチと音が聞こえてくる。

「…………………………」

人間はここまで感情を失えるのかと感心するほどに、優月は無言を貫いていた。

「白胡麻とひじきの食感がアクセントになって面白いでしょう? 磯の風味でおにぎりの薄味をカバーしているのよ」

衛本さんはピノキオ顔負けに、鼻高々になる。超ポジティブというか、周りが見えていないというか。

「……でも、最後は……!」

ここに来て、優月の瞳の光がわずかに復活する。

それもそのはず、ラストのおかずは肉団子。黒酢で和(あ)えており、太陽の光を浴びてピカピカに輝いている。優月のテンションが上がっている理由は語るまでもないだろう。

「ずっと待ち望んでたお肉がようやく！　いただきまーす……？」

咀嚼(そしゃく)を重ねるたびに、なぜか優月の顔が曇っていく。俺の知る限り、黒酢の酸味が苦手というわけではなかったと思うが。

「……………………………」

ああ、優月が再びロボット化してしまった。それどころか咀嚼のペースも格段に落ちており、機能の完全停止は目前だった。

優月が肉を喜ばないはずがない。先日のハンバーガーだって狩猟民族のように貪っていたのに。

ふと、俺の頭にひとつの可能性が浮上する。

「衛本さん、俺も一個いただいていいですか？」

「そんなにわたしの作ったランチに惹(ひ)かれてしまったのですか？　どーぞどーぞ」

お言葉に甘えて、ピックに刺さった肉団子を口にする。

優月の表情が微妙だった理由を、一発で理解した。

「これ……おからですか」

待ってましたと言わんばかりに、衛本さんが得意げに指をパチンと鳴らす。

「大正解！　おから以外につなぎで豆腐と卵白も使ってるから、ボソボソ感もなく食べやすいでしょう？」

味の主張が強い黒酢を餡にすることで、おからの素朴さをうまくカバーしているようだ。しかも低カロリー。コンセプトを貫きつつも、高いクオリティに仕上げている。だが。

「うふふ、気に入ったらまたいつでも作ってあげるからね」

「……………………………………………………………うん」

駄目だ。優月のメンタルはすっかり壊れてしまった。

「じ、じゃあ、そろそろ俺の番で！」

これ以上は見ていられない。一刻も早く優月の心を取り戻さなければ。

衛本さんの弁当はやりたいことがはっきりしており、弁当そのものに目立った減点要素もない。これがテレビ番組の料理対決なら、勝機は充分にあるのかもしれない。

だが衛本さんは思い違いをしている。それは審査員が三ツ星レストランのシェフでもジムのインストラクターでもなく、ジャンクなメシを愛する佐々木優月ということだ。

この機会に見せつけてやろう。好物を食した優月の姿を。

俺はナプキンを解き、使い捨て弁当箱の蓋を開ける。

「俺の用意した弁当は、これだ」

「……っ」

優月の瞳の色が一瞬で変わったのを、俺は見逃さなかった。

色彩の豊かさや品目数を比べるなら、衛本さんのランチには遠く及ばない。だが世の中にはシンプルイズベストという言葉もある。俺はこの一品に絶対の自信を持っていた。

「待たせたな、優月。今日の昼メシは牛カルビ弁当だ！」

先ほどまではメカのように無感情だった優月が、今や期待感に満ちた表情をしていた。

牛丼チェーン店をはじめ、大衆食堂、ファミレスなど様々な場所で食べられる焼肉定食。焼肉においてはロースやハラミ、モモ、ヒレなど様々な部位があれど、白米の最強の相棒といえば、カルビの右に出る者はいない。

時には欠点となりうるカルビの潤沢すぎる脂も、白米ならいくらでも受け止めてくれる。純白の米粒にジューシーなオイルを塗りたくることで、ライスはよりセクシーかつエレガントに変身するのだ。

作り方は漢メシを地で行くもの。醤油、砂糖、酒、ごま油、ニンニクと生姜の擦りおろしを合わせたタレで肉を豪快に炒め、白メシに載せるだけ。仕上げに白胡麻をぱらぱらと。

衛本さんの道徳メシに真っ向から対立した背徳メシ。いわばヒーローとヴィランのような対立構造だろうか。

そして正義と悪の戦いにおいて、正義が必ず勝つとは限らない。映画やアメコミでダークヒーローという概念が存在するように、人は誰しも悪の道に惹かれてしまうものなのだ。

「何を出すかと思えば……！」

拳を震わせ、衛本さんは怒り心頭だった。

「真守さん、やはりわたしとあなたは相容れない存在のようですね……！」

「と、言いますと」

「カロリーの高い牛肉、しかも脂肪の多いカルビを用いるなど言語道断！　せめてお肉を使うなら鶏のムネかササミでしょう！」

「いやいや、焼肉のタレと絡めるならカルビ一択ですよ」

優月も隣で、うんうんと首を縦に振る。

「それに、カルビという選択がご自分の首を絞めていることにお気付きですか？　冷たくなったお肉の表面を見てごらんなさい！」

茶色い肉の絨毯には、白い斑点が浮かんでいた。

「冷えたことで、タレと油分が分離して固まっています。こんなべったり・カチカチのお肉とごはんで、優月が満足するとでも？」

その主張はもっともだ。本来は熱々で味わうべき焼肉を冷え切った状態で提供するなど、魅力半減もいいところ。衛本さんの指摘を受け、優月もどこかしょんぼりしている。

でも、どうか安心してほしい。優月の好みを知り尽くした俺が、そんなレベル1のミスを犯すとでも？

「箱の横を見てみろ、優月」

心配そうな目をした優月が弁当箱を高く持ち上げると、横から一本の紐がぴょろんと垂れる。さながら小動物の尻尾のようだ。

「……あなた、まさか！」

どうやら衛本さんは気付いたようだ。

そう、彼女は前提から間違っている。

「外で温かいごはんは食べられない」という先入観こそが、あなたの最大の敗因だ。

蓋を閉めた後、紐を引っ張るよう優月に促す。

ぽんっ。

紐を抜いて数秒後、早くも箱から蒸気が漂い始める。優月は両手で容器を掲げ、あたふたしていた。まるで爆弾の処理を押し付けられた新米隊員のようだ。

「もしかして優月、このタイプの弁当は初めてか？」

俺が尋ねると、優月は不安げにこくこくと頷いた。

「これは駅弁とかでよく使われる、加熱式の弁当箱だよ」

「そんなのあるの？」

「弁当箱の底に、発熱ユニットって呼ばれる仕組みが搭載されてるんだ。粒状の生石灰と水の入った袋がセットになっていて、紐を引っ張るとそのふたつが混ざるってカラクリだな。生石灰と水が融合すると化学反応を起こして、熱と蒸気が発生するんだ」

シュンシュンと稼働する文明の利器を、優月は科学実験中のごとく真剣な眼差しで見守っている。そして一分もしないうちに、湯気が一帯に立ち込める。肉とタレの暴力的なにおいを乗せて。

優月が喉をゴクリと鳴らす。

「い、一応言っておくけど、鈴文のごはんは食べるとは限らないからね？」

「どうしてだよ、衛本さんのメシにはすんなり手を付けたじゃないか」

「だって留々さんのごはんは罪悪感がないもん。それに空腹自体はもう解消されたわけだし？」

ここに来てまさかの裏切り。審査員が公平でないなど許されるのか。

思わぬ展開に衛本さんの表情も緩みかける。ならば俺だって容赦はしない。

加熱に伴う待ち時間は五分。すなわちメシ堕ちの制限時間と同義だ。

「本当に食べなくていいのか？　ずっとお肉が欲しかったんだろ？」

「別にっ。おから団子もおいしかったし、満足したもの」

「嘘はいけないなぁ。俺の用意したメシが牛カルビ弁当だって発表した時、一瞬堕ちかけたんじゃないか？」

「そ、そんなことないし！　家に帰ったらサラダチキンがあるから耐えられるもん！」

「耐える……か。つまり本音では食べたいってことだよな」

「っ、それは……！」

発熱ユニットが追いこみをかける。時間が経(た)つほどに蒸気の量は増していき、牛カルビの香りも強くなる。

優月はまるでゾンビウイルスの発症を堪(こら)える感染者のごとく、呼吸を荒くする。本能を抑え込もうと必死のようだが、弁当を手放さない時点で脳は負けを認めているようなものだ。

出来上がりまで残り三十秒。優月の額に汗が浮かぶ。

出来上がりまで残り二十秒。片手で胸元を押さえ、ブラウスに深い皺(しわ)を刻んでいる。

出来上がりまで残り十秒。俺はいつぞやの仕返しに、耳元で囁(ささや)いてやった。

「肉を喰(く)らえ、優月」

「……〜〜〜〜っっ♥♥」

出来上がりまで、残りゼロ秒。

俺が弁当箱の蓋を開けてやると、ホカホカの牛カルビ弁当が現れる。放出した魔力を一気に浴びせられた優月に、抗(あらが)う術(すべ)はない。

「くっ……手が……勝手に……！」

肉と米を抱きかかえる割り箸は、かすかに震えていた。わずかな抵抗も虚しく、箸は優月の口へと吸いこまれる。

「うわ、甘辛いタレとお肉がスクラムを組んで、猛スピードで喉奥にトライしてくる……♥　タレの甘み、脂の甘み、白米の甘みが三位一体となって、猛攻が止まらないの……♥　まだ飲み込んでないのに箸が勝手に動いて、このままじゃ口から溢れちゃうっ……♥」

もっきゅもっきゅと弁当を頬張る優月は、食欲という本能に支配されていた。現在の彼女の行為は「食事」ではなく「融合」だ。肉と米を己の体内に取り込み、文字通り血肉にしようと死にものぐるいになっている。

衛本さんに目を向けると、呆気に取られているようだった。口を半開きにして、目の前の光景に度肝を抜かれている。

「ゆ、優月……？　どうしちゃったの……？」

「これが優月の本性です。ご存じなかったですか？」

「優月、早く目を覚まして！　お願い！」

衛本さんの言葉はまったく耳に届いていないようで、優月はハイペースで牛カルビ弁当をかっ込んでいく。

「どこまでもシンプルな組み合わせなのに、いつまでも飽きずに食べられるっ。むしろ、お肉やごはんと真正面で対話できるのが嬉しい……♥　まさしくシンプルイズベストの日本代表だね。満腹中枢にノーカウントっ♥」

とはいえ形あるもの、いつしか終わりがやってくる。三分もしないうちに容器はすっからかんになり、優月が「ぷはあああぁっ！」と満足げに息を吐く。口直しに用意した、別皿のかっぱ漬けをぽりぽりしている間も、衛本さんは茫然としっぱなしだった。

さて、俺と衛本さん、二人の弁当の実食が終わった。運命の判定タイムだ。

審査はワンジャッジ制。審査員の好みが大きく左右される一戦となる。

先ほどまで余裕綽々だった衛本さんは目を泳がせ、体を小刻みに震わせていた。

「『負けたほうは優月のお世話係を引退』でしたっけ？　衛本さん？」

「うぬぐぅ……」

衛本さんは喉から苦悶の声を絞り出す。吐いた唾は飲めないぜ、先輩アイドル様よ。

勝敗は確かめるまでもない気もするが、ライバルとしてきちんと引導を渡して差し上げねば。この数日間を通して、俺の中にある「優月をメシ堕ちさせたい」という想いを強く認識させてもらった、せめてものお礼だ。

「それじゃあ優月。どっちのメシに満足したか、挙手で判定してくれ。スリー、ツー、ワン……ジャッ「んだよ、こっちも人いるじゃねーか！」

割って入ってきた声は、荒々しい男のものだった。

声のしたほうを見やると、二十代前半くらいの二人組の男が立っていた。それぞれ白のタンクトップと黒のタンクトップ。RPGに出てくる色違いの敵キャラみたいだ。

「あー……ここなら端の席は空いてるのか。チッ、どうすっかな」

どうやら休憩場所を探してあちこちの東屋を回っていたらしい。白タンクトップの男は露骨に苛立ちをにじませている。

「もうここにしようぜ。さすがに疲れたわ」

黒タンクトップの男もだいぶご機嫌斜めだ。足元のサンダルはペラペラで、庭園を闊歩するのに適した格好とは思えない。

「つーわけで君たち、相席させて〜。デート中のトコ悪いけど」

もちろん断る理由はない。だが、なんとなく長居しないほうが良い気がした。

先にベンチに座ろうと近づいてきた白タンクトップが、不思議そうな顔をする。やがて優月の前に近づき、立ち止まった。

「……君、どっかで見たことある気がするんだけど」

「そ、そうですか？」

白タンクトップの反応を受け、黒タンクトップも大股で接近してくる。

「あー確かに。もしかして芸能人？　アイドル？」

「マジかよ。初めて見たんだけど。てか横の男は？　彼氏？」

この数十秒でなんとなく察した。この二人組は、間違いなく口が軽い。もし優月の正体が人気アイドルだと割れたら、変な噂が拡散してしまうかもしれない。

東屋から出ようにも白黒タンクトップが立ちはだかっているため、道を空けてもらうほか脱出の術はない。無理に逃げようとすれば、これがお忍びデートであると白状するようなものだ。

どのように切り出そうかと思案していると、衛本さんが一歩前に出る。

「実はわたしたち、街歩きロケの真っ最中なんですよ」

その手には、いつの間にかスマホを取り付けたジンバルが握られていた。いかにも撮影中ですと言いたげに。だがディスプレイは真っ暗なまま。つまりブラフだ。

「あ、やっぱり芸能人？　じゃー写真撮らせてよ。友達に自慢したいからさ」

白タンクトップがポケットに手を突っ込むより先に、衛本さんが空いた手でごめんなさいのポーズを取る。

「すいません。契約上、OA前に出演者の情報やロケ場所が明かせない決まりになってまして。破ると違約金を請求されちゃうんです～」

優月の前では姉ムーブを繰り広げているのに、今はまるで先輩社員を立てる後輩のような物腰の柔らかさだ。申し訳なさそうに眉尻を下げ、薄い笑みを浮かべている。

「別にいいじゃん。一枚くらいバレないって――」

喋っている途中で、白タンクトップの右手が胸の位置まで浮いた。衛本さんの細い手が包み込んでいたのだ。

「写真は難しいので、せめて握手だけでも。いいですか？」

切れ長の瞳が男を捉えて離さない。白タンクトップは途端にデレデレして、「あ、うん」と従順になる。続けて握手をした黒タンクトップも鼻の下を伸ばす。

「そのうち局の告知もあると思うので、楽しみにしててくださいね！」

どこか夢うつつな男たちを背に、俺たちはそそくさと東屋を後にした。

隣で毅然と歩く衛本さんは、一仕事を終えた上司のようにクールな顔つきに戻っていた。

「ずいぶん慣れてますね」

「《姉》として妹を守れるよう、普段からシミュレートしてますからね。あなたこそ優月のお世話係を自称するなら、ああいう時こそ真価が問われるのではないですか？」

うぐ、反論の余地もない。

正直、俺は浮かれすぎていたかもしれない。優月と一緒に出かけられることが嬉しくて、いざという時の対策を考えていなかったばかりか、白黒タンクトップの前でフリーズしてしまった。

「予定より少し早いですが、今日はこのまま解散しましょうか。真守さんがいる今の状況で、また誰かに声をかけられても困りますし」

入園からだいぶ時間が経過し、今や園内はそれなりに人で混み合っている。悔しいがここは言われた通りにするのがベストだろう。

「真守さん、最後にひとつだけ言わせてください」

「……なんでしょう」

衛本さんの鋭い視線が、俺を捉える。

「料理の腕はなかなかのようですが、わたしからすればあなたはまだまだ未熟者です！　優月に降りかかる火の粉も振り払えず、何がお世話係ですか！」

「ぐぅ……」

「第一、そんな浮ついた格好で来て！　周囲にデートだとアピールしているようなものではないですか！」

「ぐぐぅ……」

「それに待ち合わせ場所に一時間も前に来るなんて、一秒でも長く優月と二人きりでいたいという下心が見え見えなんですよ！　いやらしい！」

あれ、ひとつだけって言ってなかったっけ。さっきからボコボコなんだけど。というか最後の苦言は衛本さんにも当てはまるのでは。

「とにかく、今日はこれで。失礼します」

衛本さんが優月の手を引き、早足で俺から遠ざかっていく。優月は何か言いたげだったが、俺に小さく手を振って、衛本さんと一緒に反対方向へと歩いていってしまった。

ライバルである衛本さんに借りを作ってしまうとは、俺もまだまだ未熟者のようだ。今回は素直に負けを認めるけど、次こそは完全勝利を収めてやる。

ん、待て待て。どうして俺が敗北を喫したことになっている？　何か大事なことを忘れているような……。

「……あ」

そういえば、背徳メシVS道徳メシの勝敗がついていなかった。

早足で立ち去ったのはひょっとして……。

「さては騒動にかこつけて、勝負をうやむやにしやがったな……！」

衛本留々、食えない人物だ。

ROUND. 3 「鈴文(すずふみ)のばーか」①

六月もそろそろ折り返し地点に突入する。関東は梅雨入りし、灰色の雲が絶え間なく空を泳いでいる。洗濯物は乾きにくいし、湿気で革製品にカビが生えやすくなるし、そろそろテスト勉強も始めないといけないしで、どうにも気分がアガらない。

あれこれ理由は並べたが、結局のところテンションが低い一番の原因は、優月(ゆづき)にメシを振る舞えないことだ。優月は夏に向けてまた仕事が立て込んできたようで、日を追うごとに帰宅が遅くなっている。近頃は気温の変化も激しいし、体調を崩していないか心配だ。

だがひとまず今日に限っては、俺は優月より自分の心配をしなければならない。

これから我が家で、三者面談が実施される。

通常なら五月中に終わるものの、真守(まもり)家は親が共働きということもあり六月にずれ込んでしまったのだ。

ウチの両親は、自分たちが経営する居酒屋『合園奇宴(あいえんきえん)』に、生活の大半を注いでいる。引っ越しからまだ三か月も経(た)っていないのに、ちゃんとマンションに帰ってきた日は数えるほどしかない。店では新メニューの開発に勤(いそ)しんだり、常連さんと深夜までお酒を酌み交わしたり。眠たくなったら奥のスタッフルームに敷いた布団に直行だとか。

そのため俺は、一人暮らしに近い生活を送っていた。

今のところ、寂しいと感じたことはない。電話やメッセージのやり取りは頻繁にしているし、俺が店に出向いて掃除を手伝うこともある。親子のコミュニケーションはそれなりに取れているつもりだ。

とはいえ、自宅で母さんを交えての面談というのはやはり緊張する。

面談の予定時刻まで残り二十分。もう店を出発した頃だろう。そう思った瞬間、ポケットに入れたスマホが震える。母さんからだ。

『夏メニューの開発会議に夢中で、面談のことすっかり忘れてたわ！　ちょっと遅れるから、先生によろしく言っておいてもらえる？』

実に正直な弁明だった。まあ、正直こうなるんじゃないかと予想はしていた。

『なる早希望、安全運転で来られたし』

メッセージを送り、スマホをテーブルに置く。担任がわざわざウチに出向いてくれるというのに申し訳ない。

織北（おりきた）高校の三者面談は原則、学校の生徒指導室で行われる。保護者・生徒・担任の三者で、直近のテスト結果や希望の進路などに基づき話し合うのだ。

ところが今回、俺の所属する二年A組の担任・三神百聖（みかみももせ）は、わざわざ我が家での実施を申し出てくれた。曰く、「そのほうがご両親にとって好都合じゃない？」と。

正直、願ったり叶ったりの提案だ。両親は学校に出向くために慣れないスーツに着替える必要はないし、俺もリラックスして臨むことができる。

三神先生は基本的には良い先生である。容姿端麗、授業はわかりやすく、保護者からの評判も上々。学校のアイドル的存在として、毎年何人もの生徒から告白されているとか。まさに理想の教師である。

ただし、あくまで客観的な評価のみで判断するならの話だ。

今から約二か月前、俺は三神先生の知られざる一面を目撃した。

彼女はアイドル・有須優月のガチオタなのである。

生活費を極限まで切り詰め、収入のほとんどを推し活に費やすのは当たり前。「優月の肉声を間近で聞いた瞬間に自分の耳をそぎ落としホルマリン漬けにする」などの過激発言は一度や二度じゃない。担任権限でたびたび俺を生徒指導室に呼び出しては、プロジェクターに優月の画像や動画を映し出し、いかにアイドル・有須優月が素晴らしいかの布教もとい独演を行う。その後はもれなく二千字のレポート提出が義務付けられている。

おそらく学校の人間は誰一人として彼女の本性に気付いていない。

リビングのモニターから呼び鈴が聞こえた。三神先生がエントランスに到着したようだ。

『織北高校から来ました、二年A組担任の三神百聖です。真守鈴文さんの面談に来ました』

「お疲れ様です、先生。すぐ開けますね」

優月（ゆづき）に対して熱狂的すぎる点を除けば、俺も三神（みかみ）先生に対してはおおむねプラスの感情を抱いている。今回もわざわざ出張面談に来てくれるのだから、手厚くもてなさなければ。

インターホンが鳴る。ドアを開けると、温和な笑みを浮かべた三神先生が立っていた。

「こんにちは、真守くん」

グレースーツ姿の三神先生は、花弁が開くようにふわりと微笑んだ。

つぶらな瞳、丸っこい鼻、艶のある引き締まった口元。無垢さと凛々しさを併せ持った顔立ちはアイドル級。何を隠そう、この人は元・アイドル志望だそうだ。年齢はおそらく二十代中盤くらいと思われるが、今からでも余裕で転向できるスペックは備えている。

ホント、見た目だけなら優月にも負けない完璧ぶりなんだけどなぁ。

「わざわざお越しいただいてすみません」

「全然構わないわ。これも教師の仕事だもの」

お邪魔します、と三神先生がヒールを脱ぐ。

一度着替えたのだろうか、教室で別れた時と比べて服装がよそ行きのものに変わっていた。グレーのジャケットの下は、白色のUネックのプルオーバー。上品でありながらも、どこか柔らかい印象を受ける。スカート丈は膝より少し長いくらいで、すらりと伸びた脚からはスタイルの良さがうかがえた。

三神先生は玄関に踏み込んだ瞬間、鼻をすんすんと鳴らす。ふふ、玄関のポプリを詰め替えておいたから、いい香りがするだろう。

　奥のリビングに誘導し、クッションに座っていただく。三神先生は部屋を一通り見回した後、意外そうに呟いた。

「けっこうシンプルなのね。もっと家電とか便利グッズとかで溢れてると思ってたのに」

「モノが多いと落ち着かないんですよ。それに家事をしている時間そのものも好きなので、さほど時短は追求してないんですよね」

　店の手伝いなら効率を優先するところだが、自宅であればそこまで急ぐ必要もない。このマンションに引っ越して、部屋は広くなったけど両親はほとんど不在だし、スペースを持て余しているくらいだ。

「実は母の到着が遅れていまして、少しお待ちいただければと。飲み物はコーヒーと紅茶、どっちが良いですか？」

「ありがとう。なら紅茶をいただこうかしら。お砂糖と、あればミルクもいただける？」

「承知です。スティックシュガーは何本使います？」

「四……いえ、五本お願いできるかしら？」

　ずいぶん多いな。三神先生って甘党だったっけ。

　カップにストレートティーを注ぎ、砂糖・ミルク、ティーポットとともにローテーブルに置いた。三神先生はクッションで正座をし、カバンからノートパソコンを取り出す。

「そうだ、これもどうぞ。甘いもので被っちゃいますけど」

俺が紅茶の横に個包装のクッキーを置くと、三神先生は目を丸くした。

「これってもしかして……手作り？」

「はい、クッキーだけはいつも自分で作ってるんです。市販のやつもおいしいですけど、手作りならバターの量や甘さを好みで調節できるので」

「相変わらず女子力が高いのね……！　喜んでいただくわっ」

まるでバレンタインデーに友チョコをもらった女子高生のように声を弾ませる三神先生。時折こういう年相応なリアクションを見せるところも、生徒からは人気らしい。

「これがあれば、二日は生き延びることができるわね」

前言撤回。二十代半ばの台詞ではない。

ここで俺はピンと来た。

「あの、もしかして紅茶に砂糖多めの理由って……」

「水分と糖分はエネルギーの基本だからね。おかげでなんとか夜まで耐えられそうだわ」

校外での三者面談を利用して栄養補給とは恐れ入った。クッキー以外にもお菓子を見繕っておいたほうが良いだろうか。

「それにしても本当に掃除が行き届いているわね。真守くんは、春休みにこのマンションに引っ越してきたんだっけ？」

「ですね、終業式の翌日に」

「環境を変えるにはいいタイミングよね。同じフロアの方とのご近所付き合いは順調？」

「え？　まあ、ぼちぼち」

「お隣さんとは？　よく話したりする？」

「……あの、先生？」

なんだか威圧感がすごい。ヒアリングというより詰問だ。

「手土産はちゃんと持っていった？　その辺きちんとしなきゃ駄目よ？　いや、あまり親しくしすぎるのも良くないわね……というより止めなさい。いくらお隣さんとはいえ、線引きは必要よね」

もしかして、この人。

「ちなみに810号室の方は普段何時頃に帰ってくるの？　今日は仕事用のカバンを持っていたようには見えなかったけど、学校から直で現場に向かったのかしら？　そうだとしたら、制服で通っている高校が割れないか心配だわ。あるいはもうすぐ帰ってくるかもしれないし、ドアスコープから見張っておいたほうがいいかしら」

語れば語るほどに熱量が増していく。三神先生はいつの間にか前のめりになって、テーブルから身を乗り出していた。

「違うの。これはあくまで教師として、生徒が新生活をちゃんと送れているのか確認するだけよ。決して学校の外での優月ちゃんを見たいとかじゃないから！　監視カメラ映像のデータをもらって印刷業者にポスターを発注しようとか企んでないから！　彼女がエレベーターを降りた瞬間に入れ違いでわたしが乗って、体から放出されたばかりのとろけるにおいを吸引したいとか考えてないからぁ！」

ひとり感情が高ぶっている担任を前に、俺は母親の到着を切望していた。

「駄目よ百聖。今日はあくまで真守くんの三者面談……。会員ナンバー000005のプライドを思い出しなさい。わたしはステージの上に立つ、画面の向こうで燦然と輝く優月ちゃんを応援すればいいの。学校から一歩外に出たら、わたしと優月ちゃんの関係は教師と生徒ではなくなるのよ。偉いわ百聖。すごいわ百聖……」

瞼を閉じ、精神世界で己と対話する三神先生は、さながら新興宗教の宣教師のようなオーラを湛えている。やがてカッと目を見開き、エスプレッソを嗜むかのごとく手元の甘ったるい紅茶を一気飲みした。

「ふぅ……なんとか己の欲望に打ち勝てたわ……」

ようやく俺は理解した。三神先生が三者面談の会場を我が家にした真の目的は、両親への気遣いなどではなく、我が家の隣で暮らしている推しのリサーチだったのだ。

ひとまず冷静さを取り戻したかと思いきや、今度はきょろきょろと視線を彷徨わせる。

「……」

殺人現場の状況を分析する刑事のように、三神先生は顎に手を当てた。

「……やっぱり玄関に上がった時の違和感は……でも……」

すっくと立ち上がり、三神先生がリビングをうろうろと徘徊する。やがて、部屋の片隅にある一個のクッションの前でしゃがみ込んだ。

「……失礼」

次の瞬間、三神先生はクッションに顔面を預けた。額から顎まで、クッションにぴったりと押し当てている。

「あの、三神先生……？」

一分が経とうかという頃、ようやく三神先生が顔を上げる。

その表情は、暗黒に満ちていた。

「真守くん、質問があります」

「な、何でしょう」

「どうしてこのクッションから、優月ちゃんのにおいがするのかしら」

戦慄が俺の背中を走る。体が芯から冷え込んでいくような感覚。

「え、いや、その」

我が家のクッションはローテーションで使用している。カバーの定期的な洗濯はもちろん、除菌スプレーを吹き付けたり天日干ししたりもしているのに。

だが俺は思い出した。この人が優月のファンだと知るきっかけとなった出来事を。

一年B組の教室で、彼女は佐々木優月の椅子に頬ずりをしていた前科がある。

まさかあの時、優月のにおいを記憶したのか？　そして今回、クッションに残ったにおいの残滓から照合し、使用者を突き止めたとでも？

「……わたしは織北高校の教師だからね。合法的に生徒の個人情報を閲覧できる立場にあるの。無論、隣の810号室に誰が住んでいるのかも把握しているわ」

「はあ」

「でもね。わたしは一度だってマンションに無断で忍び込んだり、遠くから双眼鏡で覗いたりしたことはないの。アイドルの私生活に介入はご法度だからね」

「え、ええ」

「でも、どこかの男の子はそうじゃないみたい。優月ちゃんを推す身でありながら、演者と観客の境界線を飛び越えて、部屋に上げているのね。あの子と何をしていたのかしら？」

三神先生の全身が小刻みに震えている。背後にはゆらゆらと黒い炎のようなオーラが立ち昇っている。

「わたしは会員ナンバー000005の古参として、新参者にファンのあるべき姿を教えてあげないといけないわ。いくら可愛い教え子であっても、贔屓はいけないものね。罪には罰を、裁きの鉄槌を……」

カバンから取り出したのは、長方形の箱だった。品名の部分には「有須優月ミニタペストリー」と記されている。三神先生はそれを握りしめ、振りかぶった状態でにじり寄ってくる。そもそも、なぜそんなものを持ち歩いているのか。

俺はすぐに窓際に追い詰められ、身動きが取れなくなる。

色々な意味で死を覚悟した瞬間。

かちゃん、と玄関の鍵が開く音がした。

「やっと来た……！」

間一髪のところで母さんが到着したようだ。

三神先生の動きが停止する。俺は脱兎のごとく駆け出し、玄関の扉を開けた。

「母さん！　ナイスタイミン——」

「やっほ～、愛しの莉華おねーさんが来たよ～ん」

カオスの第二幕が始まろうとしていた。

☆　☆　☆

訪問者の正体は、実母ではなく茶髪のギャルだった。真っ白なブラウスの上では、赤いストライプ柄のネクタイが大きく弧を描いている。

「ん、どしたの？　頭抱えちゃって。アタシが来てくれたのがそんなに嬉しかった？」

俯いた俺を、莉華が下から覗き込んでくる。肩からウェーブのかかった髪が垂れ、エメラルド色のイヤリングが露わになる。

右手のビニール袋には例によって、掃除用具やら食べ物やらがパンパンに詰まっている。どうやら今日もお世話をしにきてくれたらしい。

岸部莉華。俺が『レジデンス織北』に引っ越す前のマンションで、隣の一軒家に暮らしていた幼なじみ。高三の莉華とは歳が近いこともあり、幼い頃から現在にいたるまで、家族ぐるみで付き合いがある。そういやこないだ合鍵渡したんだった。

意志の強そうな瞳、右目の泣きぼくろ、ギュインと反り返ったつけまつげ、綺麗な形の鼻、鮮やかなピンク色の唇。見た目こそ絵に描いたようなバチバチのギャルだが、中身はおっちょこちょいな元気っ子。また、真守夫妻が営む居酒屋『合園奇宴』でホールの接客を務める看板娘でもある。

莉華は自称・「スズのおねーさん」として、日頃からあれこれ気にかけてくれる。モチベーションに反し、限りなく不器用なのが玉にキズ。

「……いや、今は莉華でもありがたい。さ、上がってくれ」

「え～、スズってば今日はなんか積極的じゃな～い？」

てれてれと後頭部を掻きながら、莉華がローファーを脱ぐ。

「悪いけどこれから三者面談なんだ。後ろのソファで静かにできるか？」

「ちょ、小っちゃい子扱いしないでよ。一応スズより年上なんですけど！」

ムッと唇を尖らせながら、莉華が肩をぐいぐい押しつけてくる。

リビングに戻ると、三神先生はクッションで優雅に紅茶を嗜んでいた。

「あら、三年の岸部さん……だったかしら」

三神先生は、湖畔の別荘で静養する令嬢のような微笑みを浮かべている。先ほどまでの暴走っぷりはどこへやら、猫を十匹くらい被っていた。

「え、なんで三神先生が……？」

「だから言っただろ、三者面談だって」

莉華の表情筋が、瞬間冷凍したようにカチコチに固まっている。

「岸部さん、こんにちは」

「あっ……う……」

先ほどまでの元気はどこへやら、三神先生と相対した莉華は途端に溌溂さを失い、さっと俺の背中に隠れてしまった。

莉華は幼い頃に不登校だった時期があった。その影響で、派手な外見に反して意外と人見知りなのだ。高校でも、ごく一部の親しい友達以外とはほとんど話さないらしい。

「ほら、ちゃんと挨拶」

「う……三年E組の、岸部莉華です……」

俺の肩口からもにゃもにゃと自己紹介をする莉華に、三神先生は微笑みで返す。

「真守くんの担任の三神百聖です。よろしくね、岸部さん」

「ふぃ……」

織北高校の生徒の到来により、三神先生のバーサーカーモードは鳴りを潜めたようだ。教師の仮面を被り直したという言い方が正しいか。ひとまず窮地は脱せられた。

莉華への感謝も束の間、三神先生は俺と莉華を交互に見た後、問いかける。

「もしかして……二人は交際しているの？」

「いや、俺たちはただの幼な「そう見えちゃいます？」

先ほどまでふやけていた莉華の声には芯が宿っていた。

「ええ。真守くんへの厚い信頼から察するに、浅い関係ではなさそうだもの」

「ですよね～！　やっぱりわかっちゃいます～～？」

両手を頬に当てて体をクネクネさせる莉華。雑貨店で売っているダンシングフラワーを思い出した。

「ま～付き合いはもう十年くらいなんで、交際してるっていうか姉弟っていうか、もはや恋人を通り越して夫婦っていうか～！」

「十年も……純愛なのね」

さっきから微妙に会話がすれ違っている気がする。どっちから訂正を入れるべきか。

「……なら、ほかの女を連れ込むなんて言語道断よね？」

三神先生の目つきが再び険しくなる。バーサーカーはまだ息絶えてはいなかった。

「あ、それアタシも同感でーす！」

便乗するな。余計にややこしくなる。

「ほら、莉華はソファで大人しく待機。俺と三神先生はこれから面談だから」

俺は進行役を務め、強引に軌道修正を試みる。

だが莉華が座ったのは後ろのソファではなく、三神先生の真向かいだった。

いや、なぜそこに座る？

「アタシがママさんの代わりに三者面談に参加しまーす♪」

問題を答える生徒のように元気よく挙手をする莉華。

「だってアタシ、スズのおねーさんだし？　弟の進路相談に同席するのは当然でしょ？」

クッションにぽすんと女の子座りをした莉華は、ビニール袋から取り出した円形のクラッカーを食べ始める。黒のニーハイの繊維には、食べカスがポロポロとこぼれていた。どこからツッコミを入れたら良いものか。

ひとまず俺は莉華の右隣に腰を下ろして身を屈め、ニーハイに落ちた食べカスをティッシュで取り除いていく。

「ま、恋人の将来は気になるわよね。わたしは別に構わないわよ」

「ですよね～！　じゃあ遠慮なく！」

　喋りながらサクサクするのは止めてくれ。ラグマットに落ちると拾うのが面倒なんだ。

「それに、ついさっきまでママさんとメッセしてたんだけどさ。車が渋滞にハマっちゃったんだって。当分来られないと思うよ？」

　壁掛け時計に視線を移すと、面談の開始予定時間からすでに十分以上が経過していた。三神先生はいつ暴走するかわからないし、莉華はもう暴走気味だ。もはやこの集まり自体がグダグダな雰囲気になりつつある。現に二人は面談そっちのけで、俺の過去話に花を咲かせているようだった。

「……で、クラスの子と喧嘩してアタシが家で泣いてた時、スズはアタシの頭をぽんぽんって撫でて、『何があっても俺は莉華の味方だぞ（キリッ！）』って言ってくれて、それが超カッコよくて～！」

「あらあら、真守くんって岸部さんの前ではスパダリなところがあるのね」

「そうなんですよ～！　ふいに見せる男らしい部分にドキッとするっていうか～！　このイヤリングだって、誕生日にサプライズでプレゼントしてくれたんですよ？　スズって隠し事してる時は右の頬がひくひくするからサプライズもすぐにわかっちゃうんですけど、本人はそれにまったく気付いてないのが可愛いんですよね～！」

莉華が三神先生と打ち解けたのは何よりだが、俺の恥ずかしいエピソードが暴露されている状況は直ちになんとかせねばなるまい。

母さんが到着するまで、ここはお茶菓子でも出して時間稼ぎを図ろう。

俺はさりげなくキッチンに移動し、準備を開始する。

現在進行形で俺の黒歴史が次々と公になっている以上、あまり時間はかけたくない。冷蔵庫を開け、戸棚を漁(あさ)り、段ボールを開封し、我が家にある食材をひとつずつ確認する。肉に魚に野菜にチーズに、一通り揃(そろ)っているといえば揃っているのだが、今の状況にふさわしい一品は何だろう。

やがて俺は正解と思(おぼ)しきメニューにたどり着く。これなら手間も時間もかからない。

調理はあっという間に終わった。俺は、プレーン味のクラッカーをひたすら食べ続ける莉華に声をかける。

「それ、使わせてもらっていいか?」

「ふぃーお」

俺が運んできたトレイの上には、器に盛られた三種類の塗り物(スプレッド)に、いくつかのトッピング。そこにクラッカーと来たら、メニューはひとつしかない。

「お茶請けに、カナッペでもいかがですか」

パーティ料理の定番、カナッペ。薄くカットしたフランスパンやクラッカーに具材を載せて楽しむ、フランスで普及したお手軽料理である。フレンチコースの前菜や、ワインのお供として出されることも多いようだ。

「うわ、色とりどりでめっちゃオシャレ……！」

莉華は瞳をキラキラさせて、早くも興奮気味だ。

酒の代わりに用意したのは、冷凍のストロベリーやブルーベリーの入ったシャンパングラスに炭酸水を注いだ、特製のスパークリングウォーター。

「さっ、どんどん食べてくれ」

「いただきまーす！」

まず莉華がチョイスしたのはアボカドオニオン。潰したアボカドにガーリックソルト、レモン果汁、マヨネーズ、フードプロセッサーで細かくしたタマネギを和えたもの。そこに生ハムを載せれば、立派なごちそうだ。

「おいし〜！　サクサクのクラッカーとねっとりしたアボカド・生ハムのコラボ最強〜！」

莉華はわずか二口で胃に収めてしまう。お次はポテサラ&ツナ。コンビニで買ったポテトサラダとノンオイルのツナ缶を合わせ、仕上げに黒コショウを効かせただけ。こちらもクラッカーにべったり付けて、豪快にざくり。

「こっちもおいしいっ！　具材はシンプルなのに、クラッカーに載せるだけでパクパクいけちゃう！」

「合間にスパークリングウォーターを挟むと、口の中がさっぱりするぞ」

「んんっ、ホントだ！　ほんのりベリーの香りがする〜！」

突発的な宴は、快調な滑り出しのように見えた。

ところが、もう一人の来客は微動だにしない。

「先生も召し上がってください。たくさんあるので」

先の発言から空腹は明らかなのに、カナッペはおろか飲み物にも手を付けようとしない。

「……わたしはね、以前の件で反省したのよ」

「はぁ」

以前とは、五月中旬の生徒指導室での一幕を指しているのだろうか。

その日、俺は三神先生にサンドイッチを振る舞った。最初こそ笑顔でパクついていたが、自前のマグボトルの中身をあおった直後、顔を赤らめて饒舌になったのだ。なお、飲み物の正体は純米大吟醸の日本酒だったらしい。

「生徒の前では常日頃、模範的であろうと心掛けているの。それなのにあんな醜態を晒すなんて……」

両手で顔を覆う姿は、教会で過去の過ちを懺悔する罪人のようだ。

ただひとつ言わせてもらうなら、俺はあなたの醜態をすでに嫌というほど目撃している。人という生き物は、どこまでも自分を客観視できないらしい。

「こんな煌(きら)びやかな料理を口にしたら、わたしはきっと自分を抑えきれなくなる。もうすぐお母様も来られるのだから、気を緩めるわけにはいかないわ！」

三神(みかみ)先生はキリッとした口調で言い放った。

直後、テーブルに置いたスマホが明滅する。また母さんからメッセージが届いたようだ。

「……あら」

「どうしたの？」

「そのまま読み上げますね。『近くで大きな事故があって、マンションに向かう途中の道路が通行止めになっちゃったみたいなの。これ以上先生をお待たせするのもかえって申し訳ないし、別日に変更できるか訊(き)いてもらえる？』……とのことです」

「それじゃあ仕方ないわね！」

満面の笑みで、三神先生は快諾した。

「全然構わないわよ！　むしろお気遣いに感謝するわ。二度や三度のリスケはよくあることだから、お母様にもよろしくお伝えいただける!?」

切り替えが早すぎる。もはや中止を待ち望んでいたのではないかと思えるほどに。

「……はい、返事しておきました。じゃあすみませんが今日は解散に……」

「いただきまーす！」

三神先生の白い手が勢いよくカナッペに伸びていく。その俊敏さは、サバンナにおける捕食者のそれだ。

「あああああ……。五日ぶりのまともな食事……」

チョイスしたのは、しらすとオリーブオイルのカナッペ。味付けは柚子コショウとピンクペッパーで、オリーブをあしらっている。

両手のひらにクラッカーを載せたその光景は、オアシスでたった一口分の水を恵んでもらった放浪者のようでもある。やがて親指と人差し指でつまみ、そっと口へ運んだ。

かり、ざふっ。

「……ロゼワイン」

はい出た。三神先生の、料理に合うアルコール講座。

「フルーティな甘口ワインと組み合わせたら、お酒の甘みとカナッペの旨みがマッチすること間違いなしね」

くいっとグラスを傾け、三神先生が講釈を垂れる。

「もちろん真守くんが用意してくれたスパークリングウォーターともばっちり合うんだけどね。熱が足りないのよ、熱が」

炭酸水を飲み干した三神先生が、残ったフルーツをグラスの内側でくるくると回す。

「そりゃあ配慮が足りずに悪うござんした」

「というわけでここに、一本のマグボトルがあります」

「なんで？」

バーテンダーのごとく流麗な動きで蓋を開け、ボトルを傾ける。とろりとした液体が中から現れ、果実入りのグラスを鮮やかな桃色で満たしていった。ちなみに莉華は食事に夢中で、三神先生の豹変は気にしていない模様。

「ふふ、フルーツも入っているからサングリアみたいね。ワインと調和した涼やかな香りが鼻を抜けていくわ」

試飲会に参加するソムリエのような語り口調で、三神先生はグラスに唇を触れさせる。続けてカナッペもざくり。

「……ふううううぅ……」

この人だけ気功の鍛錬でもしているのか？

「赤ワインの渋みと白ワインの清涼感を併せ持ったロゼワインは、和洋様々な具材が載ったカナッペにぴったりのお酒よね。お肉にもお魚にもバッチリ合う……。いざという時に備えてカバンに忍ばせておいて正解だったわ……」

いざという時を想定している時点で、酒に溺れているのはもはや疑いの余地もない。よくほかの生徒の前ではボロを出さずにいられるものだ。

何はともあれ、莉華も三神先生もカナッペを気に入ってくれたようだ。

おやつを楽しんでいる二人を見ているうちに、ギアが上がってきた。

俺はキッチンに移動し、肩甲骨を回す。冷蔵庫にクリームチーズが残っていたし、缶詰のフルーツを合わせてデザート系のやつも作ろうか。

どうせならカナッペだけじゃなく、ブルスケッタも欲しいな。トーストしたパンにニンニクを擦り込みオリーブオイルを垂らすだけなので、手間も材料もほとんど変わらないし。

もういっそのこと、早めの夕食としてパスタも茹でてしまおうか。あとせっかくの機会だし、テリーヌにも挑戦してみたい。そうなると材料が足りなくなってくるし、一度買い出しをする必要があるな……。

「ひゃあっ！」

突然、リビングから莉華の調子はずれな悲鳴が聞こえてきた。

「スズ、たす、たすけっ！」

「どうした！」

慌ててリビングに戻ると、莉華の上半身に二本の触手が絡み付いていた。

「岸部さんもなかなか可愛いわよね……。まぁ、わたしには遠く及ばないけど……」

まるで蛇が捕食対象のサイズを測るようにうねうねと指先を這わせているのは、顔を赤らめた三神先生だった。クッションの横には蓋の開いたマグボトルが転がっているけど、まさかこの短時間で丸々一本飲み切ったというのか？

「スタイルも良いし、特にふたつの柔らかな山は思わず登りたくなっちゃうわね……。で

もやっぱり、優月ちゃんの双丘が一番かしら……。ああ、あそこの頂上から景色を一望できる日が来るのなら、どんな大罪を犯すことも厭わないわ……」

莉華のネクタイは解け、ブラウスのボタンもいつもより多く開放されている。偶然外れてしまっただけか、それとも。

俺は二人の間に割り込み、デロデロになった三神先生を引っぺがす。この人、酒好きだけどアルコールには弱いんだよなぁ。瞼の上下が激しく求め合い、今にも寝落ちしそうだ。

「こちらの都合でお呼びしたのに恐縮ですが、今日はもう解散にしましょうか。というかさっさと出ていけ」

休ませること自体は別に構わないけど、万が一「生徒の家で寝た」なんて情報が出回ったら困るだろうし。

力が抜けてゲル状になった三神先生の腕を肩に回し、立ち上がる。タクシーを待っている間に外で風を浴びていれば、多少は酔いも醒めてくるだろう。せめてもの情けとして、カバンにミネラルウォーターとウコン飲料を入れておいた。

「あ、アタシも手伝うよ」

「ありがとう。じゃあ先生のカバンを持ってやってくれ」

おぼつかない足取りで玄関の扉を開けた瞬間だった。

「……あ」

ちょうど扉の先にいた、二人組の女性と目が合う。

優月と衛本さんだった。

「真守さん……これはどういう……？」

衛本さんの視線が俺、三神先生、莉華へと順々に移っていく。

そして何かに思い至ったように、体をわななかせる。

「真守さん、あああなたって人は！　優月に飽き足らず複数の女性に手を出すなんてっ！」

疑念が憤怒に変貌するのにさほど時間はかからなかった。双眸にはありったけの侮蔑がこもっている。

「ご、誤解です！　これはただの三者面談で！」

「誰が信じられますか！　そんな破廉恥な格好で面談する人がどこにいるんですかっ！」

衛本さんが指差した先には、衣服の乱れた莉華がいた。胸元が大きく開き、下着まで見えそうになっている。うーん、ワンナウト。

指摘を受けた莉華は「あ、忘れてた」と、何事もなかったように胸のボタンを閉める。

俺に担がれている三神先生は泥酔状態で、推しが目の前にいることにも気付いていない様子だった。それどころか、さっきから女性のシンボルを俺に押し当てている。

「むにゃ……最高のパーティだったわね……」

「パっ!?」

三神先生の発言に、両腕を抱いてじりじりと後ずさりする衛本さん。彼女の脳内には、間違いなく乱れて行うほうのパーティが浮かんでいる。ツーアウト。

「優月、ヘルプっ！」

必死の想(おも)いですがってみたものの、優月の瞳は芯まで冷え切っていた。まるで不倫の現場を目撃した新妻のように。

「……鈴文(すずふみ)のばーか」

ぷいっとそっぽを向いて、優月は８１０号室に入ってしまった。

スリーアウト。バッターチェンジ。

「最っ低ですね！　やはりあなたに優月のお世話係は任せられませんっ！」

俺はため息をつくとともに、振り替えの三者面談は何が何でも学校でやろうと誓った。

ROUND．4 「何でも着てあげるよ？」

時刻は夜の八時過ぎ。予定より早く仕事が終わった私は、振り付けの自主練を前にベッドで一休みしていた。寝転がったまま、後ろの棚に置いてある貯金箱を手に取る。

白くてふくふくとした体型の、洋猫を模した貯金箱だ。私はその頭を、これでもかというほどに撫で回してやった。中で小銭同士がぶつかり、激しい音を立てる。

貯金箱を元の位置に戻し、ベッドの左側を見つめる。かつて水着姿で誘惑する私を前に、鈴文が一瞬だけ横たわっていた場所。そこを手のひらでぽすぽすと叩く。

「……早く説明しに来なさいよ、鈴文」

事の発端は、昨日の放課後。校門を出た瞬間、外で待機していた留々さんに声をかけられた。雑誌の表紙撮影は延期になったはずだけど、急ぎの用事だろうか。

「久しぶりに二人でゆっくりしたいなーと思って、待ってたの。真守さんの件も一度しっかり話し合いたいし。優月の部屋に行ってもいい？」

と言いつつ、留々さんの目的はそれだけではなかった。途中でスーパーに立ち寄り、大量の食材を買い込んだのだ。どうやらお総菜の作り置きをしたかったらしい。

作ってくれたのは、高野豆腐と根菜の煮物、オクラのホイル焼き、肉なしロールキャベツ、大豆ミートソース、ブロッコリーのガーリック炒め、コンソメスープ等々。おかげで冷蔵庫はパンパンで、向こう一週間のメニューは確定している。
「しばらく食べられそうにないかなぁ。鈴文のごはん」

己の失言を自覚し、首をぶんぶんと横に振る。何を言っているのだ、私は。むしろ好都合じゃないか。その間はメシ堕ちする心配もないわけだし。

というより、目下の懸念事項はごはんではない。

事件は、買い出しを終えた私たちがマンションに到着し、八階の共用廊下を歩いていた時に起きた。

809号室を通り過ぎようとした時、目の前の扉が開いた。この時点で私は、時間があれば後で鈴文の部屋に遊びにいこうか……なんて呑気なことを考えていた。

だが部屋の中から現れたのは鈴文だけじゃなかった。

彼の幼なじみの岸部さんと、二年A組の担任の三神先生が一緒に出てきたのだ。

なぜか岸部さんの着衣は乱れており、三神先生は顔を赤らめていた。中で一体何があったのか。留々さんはいかがわしいパーティを想像したようだが、真相はいまだ闇の中だ。

私は鈴文を信じている。彼は女性に軽々しく手を出すような人ではない。

……とはいえ。

「……なによ、あんなベタベタしちゃって！」

ぽすん！　ともう一度ベッドを叩く。

今でも思い返すたびにムカムカしてくる。鈴文ってば、なに自然に三神先生に肩貸してるの？　いくら何でも密着しすぎでしょ！

岸部さんの格好についても気がかりだ。まさか鈴文が脱がせた？　だって人格者で評判の三神先生が、生徒に手を出すなんて絶対にありえないし。彼女は教師という肩書きを笠に着て、身勝手な行動をするようなエゴイストではないはずだ。

あるいは二人とも胸が大きいけど、鈴文はそっちのほうが好きなわけ？　私の水着程度じゃ物足りないって言いたいの？

うん、重罪。鈴文の悪行に比べたら、私が発してしまった一言くらい、可愛いものだ。

――鈴文のばーか。

そもそも鈴文は、私のことをどう思っているのだろう。

彼は、マンションのお隣さんである私に世話を焼いてくれる。私が栄養失調にならないようごはんを作ってくれたり、トラブルから守ってくれたり。いくらおせっかいな性格だからって、ただの隣人にそこまでする？

私がアイドルだから？　それとも一人暮らしで心配だから？

ファンにはふたつのタイプがある。

有須優月をアイドルとして応援してくれる人と、恋愛対象として好意を持ってくれる人。

いわゆるエンジョイ勢とガチ恋勢ってやつだ。

鈴文はどちらとも違う。そもそも彼は、私をアイドル・有須優月ではなく、隣人・佐々木優月と認識している。だから私には、彼の本心が今もよくわからない。

エレベーターで小指をつないだ時、どうして手を振り払わなかったの？

頬にキスをした時、どうしてあんなに照れていたの？

確かめたい。彼の気持ちを。私に抱いている感情の正体を。

考えれば考えるほど、先の疑惑が頭から離れてくれない。


「もう、鈴文のばか——っ！」


絶叫の直後、スマホにメッセージが表示される。

『ごめん』

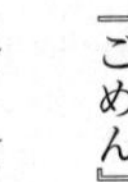

「……」

「……」

壁掛け時計のチクタク音だけが部屋に響いて、かれこれ十分。

ローテーブルの向かいに座る鈴文の顔からは、感情が読み取れない。気まずそうにも見えるし、焦っているようにも見える。よほど落ち着かないのか、しきりにTシャツの裾を握ったり離したりしていた。

「………なに？　用事って」

私はなんとか声を絞り出す。気持ちの切り替えがうまくできず、ついぶっきらぼうな声になってしまう。

「……その、弁明をしておこうかと」

「何が？　別に何も怒ってないけど？」

あれ、私ってこんなに喜怒哀楽のコントロール下手くそだっけ。「怒ってない」なんて特定の感情を挙げている時点で、怒っていますと白状しているようなものだ。

「鈴文がどこの誰と仲良くしようと勝手だし？　こうやって女の子の部屋に上がるのだって日常茶飯事だもんね？」

口が勝手にぺらぺらと動いてしまう。こんなことを言いたいわけじゃないのに。鈴文だって余計に話しづらくなるだけだ。

「……昨日は三者面談をやる予定で、莉華はたまたま居合わせただけなんだ。嘘っぽく聞こえるかもしれないけど、優月には信じてほしい」

鈴文が語った内容は、ありえない話ではない。岸部さんがいきなりマンションにやってきたのは、なにも昨日が初めてではないから。かといって、すぐに疑念を捨て去ることもできない。

「優月が心配するようなことは何もない。不安にさせたならすまない」

「……私の心配って？　どんな？」

ほんの少しだけ、踏み込んでみる。

私の気持ちに気付いているってこと？　それともただの一般論？

「……だから、莉華や先生には指一本触れてない。あ、正確には酔っぱらった先生を介抱したけど、やましい気持ちは微塵もなくて……つまりその……」

こめかみに手を当て、うんうんと唸っている。ここまで困惑顔の鈴文を見るのもなかなかにレアだ。

不思議と心が軽くなっていく。私の誤解を解きたくて真剣に考えてくれる、その気持ちが嬉しかった。

「……わかった、もう平気。信じるよ」

私は笑顔で答える。心の奥底にあったモヤモヤは、いつの間にかどこかに消えていた。

それまで強張っていた鈴文の表情が一気に解け、思わずドキリとさせられる。

「っていうか鈴文が女タラシじゃないことくらい、ちゃんと知ってるし」

「その割にはガチで怒ってたような……」

「何か言った？」

「いいえ、何も」

私がくすくすと笑うと、つられて鈴文も笑みをこぼす。

「じゃあ俺は帰るな」

「え、もう？」

「だって今日も、衛本さんのごはん食べたんだろ？　それに明日も朝から収録があるんじゃなかったか」

「……それは、そうだけど」

鈴文の部屋から出てきた岸部さんや三神先生からは、ほんのり食べ物のにおいがした。お肉やお魚、それと全粒粉の香ばしいにおい。もしかしたら三人でアフタヌーンティーを満喫していたのかもしれない。

一度は晴れたはずのモヤモヤが、再び心に立ち込める。

私はわかりやすいくらいに嫉妬していた。二人とは楽しい時間を過ごして、私には何もしてくれないの？

とはいえごはんを作ってほしいなんて頼めるはずもない。それはメシ堕ちと同義だ。

ふと、私の頭に妙案が思い浮かんだ。アイドルの私だからこそ実行可能で、鈴文をファンにオトすことにもつながる、ベストアンサー。

このまま大人しく帰してなるものか。私は鈴文に声をかける。

「寝室に用があるから、ちょっと待っててくれる？」

私がこれからしようとしているのは、いわゆるマーキングだった。

★　★　★

「鈴文、お待たせ」

寝室からリビングに戻ると、鈴文が目を見張る。

「どう？　似合ってる？」

「お、おぅ……」

そりゃ驚くよね。さっきまで部屋着だったのに、急にメイド服に着替えたら。

「はい、感想は？」

「……まあ、いいんじゃないのか」

頰をぽりぽりと掻いて、鈴文がそっぽを向く。

うは、めっちゃドキドキしてるじゃん。これこれ！　私が見たかった反応〜！

照れている鈴文(すずふみ)を見ていると、自尊心がみなぎってくる。仕事で疲れた体に、たちまち活力が注入されていく。

私が着ているのはお屋敷の使用人のようなクラシックタイプではなく、ゴスロリっぽい今風のデザインだ。デコルテの部分がかなり開いてるから、スースーする。

ネットで安く購入したものとはいえ、デザインはなかなかに凝っている。黒のワンピースに白のエプロン、ふわふわのカチューシャ。生地も厚くて、胸元の露出度さえ控えめならメイドカフェの制服としても充分に通用しそうだ。

鈴文をファンにオトすための、久々のアイドルムーブ。

私が選んだのは、撮影会だった。

アイドルとファンがインスタントカメラで同じフレームに収まり、二人だけのポーズをフィルムに焼き付ける、定番のファンサだ。駆け出しの頃はファンとの距離が近かったから、撮影会は今より頻繁に行っていた。

至近距離で撮ることにより、ファンに強烈な記憶を植え付けるとともに、自宅に現物を飾ってもらい、離れている間も推しを意識させる。まさしくマーキングである。

「てか、なんでメイド服なんて持ってるんだよ」

「こないだ写真集あげたでしょ？　あれでメイド服を着ることが決まってたから、被写の角度とか研究してたんだよね。それに、こういうパニエ系のスカートの衣装もたまにあるから、履いた状態で振り付けの練習するの。ほかにもクローゼットに色々揃えてるよ？」

まさかこんな用途で使うとは思わなかったけど。

「じゃ、早速写真撮ろっ」

私が肩を寄せると、鈴文の体がぴくんと反応する。ふふ、照れてる照れてる。

これはお仕置きだ。お隣の人気アイドルそっちのけで、幼なじみや学校の先生と楽しんでいた罰。

私はアイドルスイッチを入れ、普段の撮影会と同じ掛け声を用いる。

「眩しい笑顔で〜〜〜〜〜！　はい……ライツ★」

ぱちり。

フィルムを取り出してしばらくすると、カメラに向かってピースサインをする私と、目線を逸らした鈴文が浮かび上がる。

「なんでそっぽ向いてるのっ。やり直し！」

「やり直しって……。ちゃんと写ってるんだから別にいいだろ」

ばつが悪そうに、鈴文は私からも視線を外す。

もしかして、と私は質問する。

「鈴文って、写真苦手だったりする？」

「苦手っていうか……自分が写ってるのを見ても特に面白みを感じないんだよな。知り合いの写真を見るのは好きだけどさ」

自分の顔に自信がないとか、写真写りが悪いとかって理由は聞いたことあるけど、そういう理由は珍しい気がする。思えば鈴文の関心はいつも外側にばかり向いていて、内側には無頓着だ。普段のファッションもあまりこだわりがないっぽいし。

ま、その分こないだの自然動物公園の時みたいに、張り切った格好をしてくれると嬉しいんだけどね。

「もったいないじゃん。鈴文もそんなに顔悪くないよ？」

「そんなにかよ」

「そんなにだねぇ」

私が意地悪く笑うと、鈴文はやれやれといった表情で応える。この感じなら撮影を続けても大丈夫そうかな。

テイク2。今度は鈴文が逃げないようにカメラをもっと手前に寄せて、私たちも互いの顔を近づける。隣を一瞥すると、今度はちゃんと鈴文も正面を向いていた。

うわ、まつ毛長っ。自前でこれはすごいなぁ。お肌もきめ細かい。日常的に手入れしているようには見えないけど。

うぅ、これだけ接近すると、今度はこっちがドキドキしてくる。ファンの人となら、肩が触れ合いそうな距離でも全然緊張しないのに。

「い、いくよ……？」

ぱちり。二枚目の現像が終わる。鈴文はカメラ目線だけど、今度は私の表情が微妙にぎこちない。もう一回取り直そうか。

でもカメラのフィルムは一セットしかない。一セットにつき撮影できるのは十枚。つまり残すところあと八枚だ。鈴文を篭絡（ろうらく）するにはいささか心もとない。

いや、何を弱気になっている。私は完全無欠のアイドル、有須優月（ありすゆづき）だ。残り八枚で、鈴文をファンにオトしてみせる！

私はリビングと廊下をつなぐドアノブに手をかける。

「寝室で着替えてくるから、待ってて！」

「まだ撮るのか……？」

鈴文は早くも冷静さを取り戻しつつあった。順応性高すぎでしょ。もっと多彩な衣装とポーズでときめかせないと！

私はクローゼットの肥やしになっていた服を全開放する。

チャイナ服、パジャマ、パーティ用のドレス、アニメキャラの衣装。水着……はさすがにパスで。正直、途中からコスプレ撮影会になっていた感じは否めない。

私は写真を撮られるのが好きだ。いろんな服を着るのもアングルを研究するのも楽しいし、何より写真の中にいる自分がキマっていると、気分がいい。充実感を一枚のフィルムに焼き付けて、それを見るたびに心が躍る。だから一緒に写っている人も、同じことを思ってくれていたら嬉しい。

「ねぇ、鈴文は今、楽しい？」

「優月を見ているうちに、楽しくなってきたよ」

「……そ」

こういう時も、鈴文は私の気持ちを尊重してくれる。

フィルムはあっという間に残り二枚。

鈴文をファンにオトすはずが、すっかり自分のほうがエンジョイしていた。

「なんか、私に付き合わせちゃってごめんね？」

「別にいいよ。優月の気分転換に貢献できたなら何よりだ。ここのところ仕事が忙しくて大変そうだったもんな」

「……そう見えた？」

「ま、なんとなくだけど。何かあったか？」

表情からは笑みが消えていた。何気ない風を装っているけど、本人は大真面目なのだろう。ここで変にごまかすのは不誠実だ。

「……近頃、留々さんの目がちょっと厳しくなっちゃってさ。現場では四六時中つきっきりで、ボディガードみたいな感じなの。気にかけてくれるのは嬉しいけど、正直ちょっとだけ窮屈っていうか」

「……だとしたら、やっぱり俺のせいだよな」

「違うよ！　留々さんが心配性なだけ。それに、そのうちわかってくれるよ。思ってるほど鈴文はチャラ男じゃないって」

「一ミリとてチャラついた自覚はないんだが？」

何気ない会話が楽しい。一流整体師のボディケアよりも、高級枕での睡眠よりも、よほど心と体が癒されていく。

「そうだ。せっかくだし、鈴文も衣装のリクエストしてよ。何でも着てあげるよ？」

あえて意味深な視線を送ってみる。

鈴文は、どんな服装が好みなんだろう。カジュアル？　ガーリー？　アウトドア？　それともエレガント系？

もし水着とかランジェリーがいいって言われたらどうしよう。鈴文に限ってそんなことないと思うけど……。

ちら、と見上げると、鈴文は今日一番の笑みを浮かべていた。

「ほう、何でも着てくれるのか」

待ってましたと言わんばかりの、とびっきりの笑顔。

まさか、今まで泳がされてた？　私からリクエストを出させるために、あえて興味がないフリをしてたの？

鈴文の唇の端が、一段と吊り上がる。

「じゃあ、せっかくだし――」

告げられた要求に、私は言葉を失った。

その日の晩。

私はベッドで横になりながら、ふくふく猫の貯金箱をそっと撫でていた。

もう片方の手には、一枚の写真。先ほど撮影した最後のカットだ。

写真には、織北高校の制服を着た私と鈴文が写っている。

鈴文のリクエストは、制服だった。

「せっかくだし、制服で撮ってみないか？　ゲーセンのプリントシール機みたいな感じで」

あまりに予想外な提案に、言葉がすぐ出てこなかった。

「……いいの？　そんなので」

「そんなのがいいんだよ。だって外じゃできないだろ？」

フィルムの中で私と鈴文は肩を寄せ、笑顔でピースサインをしている。世の中に何十万、何百万とありそうな、特筆すべき点もない写真。

そんなありふれた光景が、たまらなく愛（いと）おしい。

制服の写真は二枚撮って、一枚ずつ持っておくことにした。

鈴文はいつも、何気ない日常の喜びを教えてくれる。

食べること、遊ぶこと、放課後に寄り道すること、お出かけすること。

あと、恋をすること。

「ありがとう、鈴文」

写真を胸に抱いて、私は眠りについた。

ROUND. 5　「もう、我慢できないっ……♥」

ぴろん。

　この一時間で何度目かの通知音が響く。

「今度は何だって？」

「明日の仕事終わりに岩盤浴のお誘い。割引クーポンもらったんだって」

「さっきのメッセージは何だっけ」

「ここ数日の、私の食事に対する講評。要約すると、『PFCバランスを念頭に、脂質を減らしつつ、もうちょっとたんぱく質の摂取量を増やしましょう』ってことみたい」

　スマホを見せてもらうと、栄養管理士も顔負けの詳細なコメントでびっしり埋め尽くされていた。彼女の開く栄養学の講習があれば、お金を払ってでも受講してみたいと思えるレベルで事細かに記されている。

「あれ、でも最近は衛本さんの作り置きしたごはんを食べてるんじゃなかったか？」

「スケジュール変更があって、家で食べられない日もあったの。突発的なお食事会も入ったし」

　六月に入ってから、優月が制服に袖を通す日は格段に減ってきた。佐々木家での撮影会から数日が経ったが、優月はこの間に一度も登校していない。出席日数は大丈夫だろうか。

「衛本さんは高校三年生だっけ。受験とかするのかな」

「そういえば国立を受験するって言ってたような……。たまに模試とか受けてるみたい。第一志望校は今の段階でB判定だから、もう少し上の偏差値の学部に挑戦するかもって。東京の家から通える範囲でだけど」

アイドル業だけでも忙しいだろうに、優月のお世話や受験勉強まで並行しているとは、とんだ勤勉っぷりだ。彼女からすれば俺たちが現在進行形で開催している勉強会など、生温いと一笑に付されてしまうかもしれない。

現在時刻は夜九時。場所は佐々木家のリビング。

先日の乱パ疑惑については無事に払拭できたが、どちらにしろみっともない姿を晒してしまったのは事実であり、お詫びも兼ねて今日は俺が臨時の家庭教師を務めることになった。今のうちからコツコツ学んでおけば、再び課題を出されても自力で対応できる範囲が増えるだろうし。

日を重ねるごとに、衛本さんのお世話はエスカレートしているらしい。一緒に仕事をしない日でも、優月の状況を把握しようと一日に少なくとも十通はメッセージを送ってくるのだとか。俺という女タラシに付け入る隙を与えたくないのかもしれない。

グループ内の関係について俺が口を挟むのが筋違いであることくらい、重々承知している。しかしここまで来ると、「心配」とか「世話焼き」って域を超えているような。もはやマネージャー以上にマネジメントが徹底している。

「衛本さんからの連絡、ちょっと多すぎやしないか？」

ニヤリ、と優月が口角を上げる。

俺が返答に窮していると、すぐにからかいの表情は消えた。

「……ありがとう、大丈夫だよ。留々さんが私を想ってくれているのは確かだし。事実、体は何の不調もないもの」

「ならいいけど。でも、無理だけはするなよ？」

ぴろん。

この一時間ですっかり聞き飽きた通知音が、また部屋に響いた。

「……うそ」

「どうした？」

「留々さん、今からこっち来るっぽい。また食事を作り置きしたいって。申し訳ないんだけど、その……」

「……わかってるよ。俺は退散したほうが良さそうだな」

優月を横取りされるみたいで悔しいが、衛本さんからチャラ男疑惑をかけられている今は、余計に話がこじれないよう素直に引き下がるべきだろう。勉強のノルマも一応は達成済みだし、当初の目的は果たした。

正直に胸の内を明かすなら、「歯がゆい」の一言に尽きる。これがひと月前のように俺と優月だけの問題なら、もっとなりふり構わず自分を貫けるのに。

現状、誰も困っていない。なら俺がどうこう言うのは、やはりお門違いだろう。

寂しくないかと問われればもちろん寂しいけど、それを優月に伝えたところで困らせるだけだ。

俺がノートと参考書をまとめていると、優月が目を細めた。

「心配しなくても、また急にいなくなったりしないから。鈴文は良い子で待っててね」

唐突に頭を撫でられる。俺の気持ちはとっくに見抜かれていたらしい。これじゃあどっちがお世話係だか。

「ふん、そうやってアイドルモードでからかって、俺をファンにオトそうって魂胆か？

そこまで俺はちょろくないぞ」

「ううん、これは佐々木優月として鈴文に言ってるの」

「………………わかったよ」

ちょろかったです。大口叩いてごめんなさい。

「……約束したもんな。優月が遠くに行きそうになったら、何度でも引き留めるって」

俺は、ファンミ前日に自宅で交わした約束を思い出す。

「そうだよー。鈴文（すずふみ）は、私がどこにいたって会いにきてくれるでしょ？」

『会いに行けるアイドル』という概念が存在する以上、首を縦に振ることは優月（ゆづき）のアイドルムーブを受け入れるのと同義かもしれない。

それでも俺は、迷わず頷（うなず）いた。

☆　☆　☆

さらに数日後の昼休み。「気晴らしに付き合ってほしい」と優月にメッセージで呼び出された俺は、校内某所に来ていた。

戸を二回ノックすると、中から声が聞こえてくる。

「『ご注文は？』」

「『トリプルチーズバーガー、サイドメニューはフライドポテトで』」

「『入室を許可します（いらっしゃいませ）』」

以前にどこかでやったような暗号認証を済ませ、ガラス入りの格子戸を開ける。

「やっほー」

優月が軽く手を挙げ、俺も同じポーズで応える。

俺は上履きを脱ぎ、畳の手前側に腰を下ろした。ちゃぶ台を挟み、優月は奥側で正座をしている。

「よくこんな隠れスポット見つけたな。ウチの学校に作法室があるなんて、二年生の俺ですら初めて知ったぞ」

ここは織北(おりきた)高校の作法室である。

作法室とは文字通り、和のお作法を学ぶための空間。いわば茶室のようなものだ。ほかの教室とは異なりここだけが和室となっており、床には畳が張られている。

作法室は、授業棟とは別の建物である部室棟の一階、その最奥にぽつんとあった。ひとつ手前の部屋は元・落語研究部の部室で、数年前に廃部となってからは物置と化しているようだ。廊下には部屋に収まりきらなかったと思(おぼ)しき、無造作にモノが詰め込まれた段ボール箱が積み重なっており、奥に進むための道幅は人間一人分しかない。

俺も何度か部室棟に立ち寄ったことはあったけど、まさか段ボールのバリケードの先に部室があるなんて思いもしなかった。まるでミステリーに登場する館の隠し部屋のようだ。

なぜ、わざわざリスクの高い校内で落ち合ったのかといえば、理由はシンプル。

ほかに、優月と話せる場所も時間もないからだ。

勉強会の日を境に、また状況が急変した。

平日は放課後から夜遅くまで、土日はおはようからおやすみまで、衛本さんが毎日欠かさず優月の部屋を訪れるようになったのだ。

ある日は食事の作り置き、ある日は部屋の掃除、ある日は筋トレの監修、ある日はテスト勉強の指導。あれこれ理由をつけては押しかけ女房のように、つきっきりでお世話をしているらしい。

はじめのうち、俺は優月から電話で近況報告をもらっていた。しかしある時その現場を衛本さんに見つかってしまい、今や優月は衛本さんの前ではおちおちスマホも触れないという。それでもなお、優月は衛本さんの味方をしていた。

いくら姉妹だからって、そこまで《姉》の言う通りにする必要はないのでは、と正直思ってしまう。あるいは俺が心配性なだけで、二人にとってはこれくらい当たり前なのか？

いや、俺を呼び出したということは、優月もこの状況に少なからず戸惑いを抱いているはずだ。いくら衛本さんを好きだとしても、寝るまでべったりの生活が続いては、さすがに疲れてしまうだろう。少しでも優月の心的負担を軽減できるよう、今日の俺は聞き役に徹するとしよう。

「ところで、作法室の鍵はどうやって入手したんだ？」

「澄野さんに貸してもらったの」

「澄野さん？」

「隣の席の友達。茶道部はほかに部員がいないから、一年生なのに部長なんだって。入学式の日に鈴文が教室に来た時も近くにいたと思うけど、覚えてる？　赤い眼鏡の子なんだけど」

　ああ、あの子か。優月が俺を避けていた期間にB組を再訪したら、俺がストーキングしていると思い込んでいたみたいで、ずいぶん敵視されたけど。友情は順調に育まれているみたいで安心した。

「部員でもないのに借りていいのかよ」

「一応、体験入部っていうテイで。『理由は言えないんだけど今日だけ部室使わせて〜！』って頼んだら、協力してくれたの」

　以前に感じた通り、澄野さんは友達想いの子なのだろう。でも、鍵を借りた動機が「真守鈴文とこっそり会うため」だとバレたら、やっぱり怒られるだろうか。

　俺と優月は、校内では赤の他人ということになっている。正確に言えば、俺はアイドル・有須優月のガチ恋勢で、「入学式直後に告ったあげくあっさり玉砕したやつ」という噂が学年を問わず流布しているようだ。

　もっともその告白は演技、嘘っぱちである。俺たち二人が資料室で密談しているところを第三者に見つかってしまったため、知り合いだとバレぬよう咄嗟についた嘘だった。

　自然動物公園の件もあるし、今回は俺も優月も警戒心MAXだ。窓のカーテンは閉めて、外から見えないように。扉の施錠もばっちり。万が一誰かと遭遇した場合に備え、言い訳をシチュエーション別に計十五個用意している。

「ちなみに予備の鍵は？」

「澄野さんが持ってる。鍵は二本だけだって」

　完璧な密室が完成した。今度こそ、誰かがいきなり入ってくる心配はなさそうだ。

「……」

「優月？　どうした？」

「……疲れたあああぁぁ〰〰〰っ！」

　優月が仰向けになると、ロングの黒髪が畳の上で扇のようにふわりと広がった。先ほどまでは背筋を伸ばして正座していたのに、セキュリティの担保が確認されるやいなや、一気にだらけモードに突入する。

「もうっ、疲れた疲れた疲れた疲れた！　留々さんいちいち細かすぎ！　洗濯物の干し方とか靴の並べ方とか冠婚葬祭のマナー講座とか、もはや研修じゃん！　ずっとこの調子じゃ息が詰まっちゃうよ〜っ！」

　腹の奥底に蓄積していたであろう感情を一気に吐き出す優月。いくら部屋を閉め切っているとはいえ、防音性は大丈夫だろうか。

「こないだの電話では平気って言ってなかったか」

「そんなの強がりに決まってるでしょ！　本当に平気だとしたら、わざわざこんなところに呼ばないでしょ！」

「……そりゃ失礼」

　よほど我慢をしていたのか、言葉遣いが普段より直接的なうえにどこか子どもっぽい。

「せっかく作法室に来たことだし、お茶でも飲むか？」

「お願いぃ〜」

　さすがに道具を勝手にお借りするわけにはいかないので、俺はカバンから水筒を取り出し、蓋のカップにほうじ茶を注ぐ。

「ちゃぶ台に置いとくぞ」

　優月（ゆづき）と出会ってから約三か月になるが、ここまでだらけきった姿を見るのは初めてかもしれない。抑圧からの解放というやつか。この数日間、よほど窮屈な生活を送っていたのだろう。

　勢いよく後ろに倒れた影響で、スカートが大胆にめくれている。下着こそ見えていないものの、健康的な太ももがギリギリまで露出している。ソックスの黒と美脚の白がコントラストとなり、思わず目を奪われそうになる。

「おい、スカートめくれてるぞ」

俺はできるだけ平静を装って忠告する。しかし当の本人は気にする様子もなく、むしろ妖艶な流し目を向けてくる。

「鈴文のえっち」

「アホか。さっさと直しなさい」

優月は俺の忠告を完全にスルーした。寝転んだまま左膝を立て、さらに際どいラインを見せつけてくる。

早く目を逸らさなければ。しかし体が反応しない。まるで重力で押さえつけられたように視線が固定されている。このままでは見えてしまうぞ。いいのか？　わざとか？　そっちが勝手にやったんだからな？　見える。密室で。優月が。俺に。下着を。黒だ。白でもピンクでもなく黒。黒。黒。黒。逆三角ではない。珍しい形状だ。トランクスのような、短パンのような。

スカートの下には、ペチパンツを着用していた。

「アイドルたるもの、パンチラ対策は当然でしょ？」

「……っ、見えなければ良いってわけじゃないだろ」

前々から思っていたのだが、「下着じゃなければセーフ理論」は男に通用しないことを、優月はそろそろ覚えたほうがいい。

「それに、脚は努力の結晶だもん。ダンスのキレを維持するために、日々の筋トレやランニングは欠かさないし。見られて困るような鍛え方はしてないよ」

俺は封印していた記憶を呼び覚ます。以前に優月は「写真集の再現」と称し、俺の目の前で水着姿になった。その時には上だけでなく下も際どい格好だったわけで、引き締まった下半身の記憶は俺の脳裏に焼き付いている。

「なんなら、もっとそばで見られても平気だけど？」

試すような視線が、俺をロックオンしていた。

俺がそんな愚行に走るはずがないと踏んで、からかっているだけかもしれない。信頼されているのなら喜ばしい限りだ。

とはいえ俺も男だ。きわどい体勢で寝転がる女子が目の前にいて、無の境地でいられるほど聖人ではない。

……というか、優月もいつの間にか耳が赤くなっていた。正気に戻り、自分の発言に照れているらしい。

「恥ずかしいなら最初からやるんじゃありません」

「……むぅ」

ようやく優月は上体を起こし、乱れたスカートを直した。そしてほうじ茶を一口すすり、ほうっと息を吐く。

「はぁ、落ち着く……」

「ほうじ茶に含まれるテアニンやピラジンにはリラックス効果があるからな。それに、今日の昼メシとも相性ばっちりだぞ？」

俺はお茶の横に、カバンから取り出した弁当箱を置く。

「……なに自然な流れでメシ堕ちさせようとしてるのよ」

衛本さんが作り置きしているのは総菜が中心。つまり主食は手薄である。校内なら彼女の目も届かず、密室で二人きり。こんなチャンスはまたとない。優月には今日、主食の持参は不要とあらかじめ伝えていた。

「あいにくだけど、お米もパンも不要よ。私は留々さんの作ってくれたお総菜だけあれば……あ」

この作法室には、備え付けの家具や食器、俺が持ってきたカバン一式以外にモノは見当たらない。

「カバンごと教室に置いてきちゃった……」

俺の頭に、二本の角がにょきにょきと生えてくる感覚があった。

「……ほほぅ。衛本さんお手製の総菜を忘れるくらい、俺のメシが恋しかったのか」

「や、違うの。本当にわざとじゃないの」

「はいはい、強がらなくていいって。俺はちゃんとわかってるから」

「だから私は……！」

返事を聞く前に、俺は弁当箱の蓋を開ける。

中身を見た優月は、目を丸くする。

「これって……おにぎり？」

「似て非なるものだな」

その名も「おにぎり」ならぬ、「おにぎらず」。

世間的に注目を浴びるようになったのは平成後期に入ってからだが、誕生はもっと昔の一九九〇年頃。青年誌で連載されている料理漫画で紹介されたメニューである。

おにぎりといえば、その名の通り三角形や俵型といった「握り」が特徴である。つまり、おにぎらずとは「握らないおにぎり」を指す。具材をごはんと海苔で包むだけなので、作るのは超簡単。

また形状は四角で面積が広く、大きめの具材を詰められるというメリットがある。それこそハンバーガーのようにデカい肉を挟んだり、魚の切り身を丸ごと一枚入れたりすることも可能な、まさしく夢の器なのだ！

「ちなみに、おにぎらずを食べたことは？」

優月は首を横にふるふると動かす。

「普通のおにぎりなら具は梅干しや昆布、ツナあたりが定番だよな。そう、基本的に具は一種類だけだ。でも、おにぎらずはその限りじゃない」

弁当箱には三個のおにぎらずが入っている。半分にカットしてあるので、中身までしっかり確認できる。

「まずは定番の『肉玉子』。フライパンでこんがり焼いたランチョンミートと厚焼き玉子をドッキングした、ボリューム感満点の一品だ。噛んだ瞬間、旨みが濁流のごとく口内に押し寄せてくるぞ」

「……ま、まぁ、ランチョンミートと厚焼き玉子が、白米に合わないわけがないわよね」

「真ん中のやつは『サバタッタ』。鯖の竜田揚げをレタスと一緒に挟んである。特製のレモンタルタルを塗って、さっぱりかつジューシーな味わいを楽しめるぞ。竜田揚げにも醤油やニンニクで下味を付けてるから、そのままでも充分うまい」

「……ふっくら肉厚だね。竜田揚げといえば鶏肉か鮪あたりが定番だけど、鯖なんだ……」

「最後は『照り焼きマヨチキン』。読んで字のごとく、甘い照り焼きソースで炒めた鶏も肉と、たっぷりのマヨネーズでサンドしたものだ。ほかにも半熟の目玉焼きを丸々一枚忍ばせてある。トロリととろけた黄身がチキンに絡んだら……あとはわかるよな」

「…………………ずるい」

「ん？」

「ずるいよこんなのっ！　お肉にお魚に揚げ物に照り焼きに、オールスターじゃん！　主食どころか、おかずも兼ね備えてるじゃない！」

ふふ。俺が大人しく、道徳メシのアシストに徹するとでも思っていたのか？　俺はいつだって優月を背徳の沼に沈めようと狙っているんだぜ。

「どれも自信作だけど、一番のおすすめはオーソドックスな『肉玉子』かな。個人的に、ランチョンミートはおにぎらずで食べるのが一番うまいと思ってる」

優月も言っていた通り、ランチにおいて白米・肉・玉子は最強のトリオである。いわゆる「こういうのでいいんだよ」というやつだ。

ランチョンミートとは、牛や豚のひき肉に香辛料などを加えて火を通した、ソーセージの一種である。プリッとした柔らかい口当たりと濃い味付けが、白米にぴったりなのだ。厚焼き玉子はもちろん自家製。出汁や砂糖を加えた卵液で丁寧に層を積み重ね、フワフワに仕上げている。調理時にちょっとつまみ食いしてみたが、口に入れた瞬間にほろりと解け、舌には旨みだけが残る。文句なしで、歴代最高の焼き上がりとなった。これを食べずして逃げられると思うな。

「何も口にしないまま昼休みを終えるのか？　後でお腹が鳴っても知らないぞ？」

「でも、せっかく最近は我慢してきたのに……」

「最後にガッツリ系メニューを口にしたのは何日前だ？　貴重なチャンスをふいにするつもりか？」

「だってここで食べたら、もう後戻りできなくなっちゃう……」

俺は優月の腕を取り、おにぎらずを手に持たせた。

「大丈夫、何も怖くないぞ。必要なのはほんの少しの勇気だ。まずは肩の力を抜いて？」

意識をかすめ取るように、夢の世界へ誘うように、催眠をかけるように、俺は静かに語りかける。

薄い桜色の唇が、おずおずと開く。

「次はその手に持っているおにぎらずを口へと運ぼうか。大丈夫、リラックスして、深層心理に身を委ねて」

「はぁ……はぁ……」

優月はスカートの裾をぎゅっと握り、息を荒げる。おにぎらずに接吻を交わした唇は、どこか艶めかしい。

「さあ、最後のステップだ。大きく口を開け、ひと思いにかぶりつけ」

「……もう、我慢できないっ……♥」

おにぎらずをつかむ優月の両手に力がこもる。胃袋へのゲートが開放される。

と、その時。

こんこん。

作法室の入り口の磨りガラスに、人影が現れた。

優月の手が止まる。まるでメシ堕ちを阻止するかのようなタイミングだ。

「澄野（すみの）さん……じゃないよな、多分」

　とすれば入部希望者か。だが六月下旬のこんな中途半端な時期に、都合よく見学者がやってくるだろうか？

　作法室に人が隠れられるスペースはない。格子戸を開けた瞬間に負け確定だ。

　俺は上履きを履いて、おそるおそる声をかける。

「……どちら様ですか」

「このやり取り、真守（まもり）さんと初めて会った日を思い出しますね」

「……まさか……！」

　声の主は言わずもがな。優月（ゆづき）の《姉》であり、【スポットライツ】のリーダー・衛本（えもと）留々（るる）だ。

「そこに優月もいますよね？」

「……いますけど」

「優月。待ち合わせ時間はとっくに過ぎてるよ？　校門前で合流するって約束でしょ？　電話も出てくれないし」

「しまった」という顔をして、優月はスマホを確認する。

「午後から仕事で早退予定だったの。お昼ごはん食べて、鈴文（すずふみ）に軽く話を聞いてもらったらすぐに向かうつもりだったのに、つい長居しちゃった」

わずかな時間を縫って俺に寄りかかってくれたのを嬉しく思うと同時に、仕事の邪魔をしてしまったのは素直に申し訳なく思う。

観念して俺が格子戸を開けると、目の前に衛本さんが現れる。

頬を緩める衛本さんとは対照的に、優月は困惑気味だった。どうして部外者が校内に入ってきているのか。どうして優月のいる部屋がわかったのか。様々な「どうして」が渦巻いている。

俺たちの疑問を察したように、衛本さんが口を開く。

「先に断っておくと、ちゃんと守衛所で手続きはしたわよ？」

首からは、「GUEST」と書かれたカード名札が差し込まれたホルダーを掛けている。

衛本さんも学校を早退してきたのか、制服姿だった。真っ白なブラウスに黒地のノースリーブワンピース、胸元には真っ赤なリボン。確か隣町の名門女子高の制服だ。歩いて来られる距離ではないはずだが、わざわざ交通機関を使ってまで迎えにきたというのか？

頭にクエスチョンマークが浮かんでいる優月の代わりに、俺が質問する。

「どうやって優月の居場所を突き止めたんですか？　教室をしらみつぶしに当たったたって感じでもなさそうですし」

「一年B組の教室に行ってみたんです。そこでたまたま目が合った赤縁眼鏡の子が、わたしを知っていたみたいで。優月に緊急の用があると言ったらここを教えてくれました」

衛本さんは静かに微笑んだ。

いくら《妹》のためとはいえ、ここまでするか。常識を飛び越えた行動力に、優月もさすがに面食らっている。

「それより真守さん、また優月と一緒にいたんですね。こんな場面をほかの生徒に目撃されて変な噂が流れたら、あなたに責任が取れるのですか?」

「う、それは……」

衛本さんと出会ってからというもの、俺は彼女に怒られてばかりのような気がする。

「聞いて、留々さん。鈴文を呼んだのは私なの!」

弁明しようとする優月を、衛本さんは呆れた眼差しで見下ろす。

「いつもそうやってかばうから、真守さんも反省しないのよ? 学校で男の子と逢引きするリスクなんて、わたしが諭すまでもないでしょう?」

「で、でも……」

「……優月。もし真守さんといるところを誰かに見つかってスキャンダルに発展しようものなら、今まで通りアイドル活動ができなくなっちゃうかもしれないのよ。あなたはアイドルであり続けることを一番に望んでいたはずでしょう? どうしてそこまで、真守さんと一緒にいようとするの。あなたにとって、アイドルは大事なものじゃなくなったの?」

衛本さんは畳に上がり、優月の両肩をつかむ。その表情には必死さがにじみ出ていた。

優月も優月で、ムッとした表情を隠そうとしない。いつもならもっと素直に聞き入れそうなものだが。

その反応に衛本さんは一瞬だけ眉を動かした後、俺を睨みつける。

「真守さん、今回の件についてはまた後日じっくりお話しましょう。今日はあまりのんびりもしていられないので。……行くよ、優月」

「ちょ、留々さん……」

畳に座っている優月の手を、無理やり引っ張り上げる。仕事への遅刻を心配しているというより、一刻も早く俺と優月を遠ざけたいといった風だった。

それに普段より物言いが直情的だ。優月がいつまでも俺から離れようとしない現状に、焦りを募らせているのかもしれない。

「有須優月はみんなのアイドルなのよ？　あなただってデビューした時から『一人でも多くのファンを笑顔にしたい』って言っていたじゃない。わたしももっと頑張るから、また昔みたいに二人で力を合わせましょう？　ねぇ、もっとわたしを頼ってよ……！」

「待って、そんな強く引っ張ったら――」

瞬間、この場にいる全員が息をのんだ。

優月の持っていたおにぎらずが、手から離れる。そのまま畳の上に落下し、ぺたん、と冷たい音がした。

作法室を包む空気が重たくなる。衛本さんも優月も、その場で硬直していた。

俺は畳に落ちたおにぎらずを拾い上げる。

目立った汚れは付いていないけど、さすがにコイツを食べさせるわけにはいくまい。せっかくの自信作だったけど、これればかりは仕方がない。

衛本さんの顔は、すっかり青ざめていた。

「ちが、今のはわざとじゃなくて……！」

「わかってますよ、衛本さん」

俺が声を上げると、衛本さんはびくんと肩を揺らした。

「誰も悪くありません。タイミングが悪かっただけです」

俺はできるだけ柔らかい口調に努める。不必要な責任を感じないように。

突然、俺の右腕に強烈な力が加わる。

気付いた時には、拾ったばかりのおにぎらずに優月がかぶりついていた。

「おい、優月……！」

「優月、止めなさい！」

だが優月は勢いのままにバクバクと食べ進めていき、あっという間に『肉玉子』のおにぎらずは俺の手元から消失した。

「ごちそうさま。おいしかったよ」

「あ、ああ」

優月が突っ立っている衛本さんを見やる。

「優月、今のはわたしが悪かったけど、でも――」

「衛本先輩」

刃を突き立てるような、冷え切った声だった。

「わざわざ迎えにきてくれてありがとうございました。でも今日は一人で現場に行きたいので、お先に失礼します。……あと」

優月が振り返る。琥珀色の双眸は、凍てついたように暗い。

「私はもう、あなたを《姉》とは思いません」

遠ざかる優月に、衛本さんが手を伸ばす。しかしその手は優月に触れられないまま、空をつかむことしかできなかった。

ROUND. 6　「有須優月の裏側、ばっちり見せてあげる！」

翌日、土曜日の昼過ぎ。ベランダに出て、ハンガーに吊るした衣類を取り込む。

六月も残り一週間を切り、日中の気温は着実に上昇傾向にある。シャツや下着は朝のうちに干しておけば、昼食後の時間帯には乾いているからありがたい。洗濯物の横で日光に当てていた布団も、睡眠を誘う温もりを一身に蓄えていた。

近所の公園を見下ろすと、小学生たちがサッカーに興じていた。みな半袖で元気いっぱいだ。

あとひと月もすれば、夏休みが訪れる。きっとあの公園は、親子や子どもが集まり毎日のように賑やかになるだろう。

ベランダに出たついでに家庭菜園の収穫と間引きを行う。その後はアイロンがけ、風呂掃除、部屋の片づけと、順々に家事をこなしていく。宿題は午前中に済ませてしまったので、夕方を前にして残りの時間はフリーである。

810号室のお隣さんは朝から仕事に出かけている。ちなみにもう片方のお隣さん、808号室の熟年夫婦も朝にエレベーターで一緒になった際、今日から温泉旅行で栃木に行くのだと話してくれた。お二人の夢は、夫婦で四十七都道府県の温泉を巡ることだという。

昼食はインスタントの袋麺だった。乾麺を食べたのはひょっとしたら今年初かもしれない。さすがに麺だけだと寂しいから、ハムやらモヤシやらラードやらを追加したけど。

いたって静かな休日だった。穏やかを通り越して虚無感すらある。

日々の家事から「料理」の割合が減るだけで、ここまで時間を持て余してしまうとは。

「……」

昨日の昼休み、ちょっとした事件が起きた。

いや、事件と呼ぶほどのものでもない。単なる事故だ。どこにでもあるような、ありふれた過失。俺がうまくフォローを入れていれば、優月も笑って水に流してくれたかもしれないのに。

「……めちゃくちゃキレてたな、優月」

優月があそこまで露骨に怒っている姿を目の当たりにするのは初めてだった。乱パ疑惑を弁解した時は、機嫌こそ悪かったけど拒絶まではしてこなかったし。

おにぎらずを落としただけなら、あそこまで話がこじれることはなかっただろう。溜まりに溜まった優月のフラストレーションが、落下事故をきっかけに爆発したという印象だ。

最近の衛本さんは確かに過干渉気味だった。日々の食事に限らず、学校生活やプライベートにまで深く関わろうとしていた。

行き過ぎな部分はあったのかもしれない。でも俺には彼女が悪者には思えなかった。結果がどうであれ、あの人は心の底から優月のアイドルとしての成功を願っていた。作法室での言動が強引だったのは、やる気が少し空回っていただけだ。

優月も気がかりだが、衛本さんも心配だ。作法室を去る彼女は、まるでこの世の終わりのような顔をしていた。

今日はあの二人は一緒に仕事をするのだろうか？　早く仲直りしてくれればいいけど。

そんなことを考えていると、部屋のチャイムが鳴った。誰だろう。

モニターを覗き、俺は目を見開いた。

「……衛本さん？」

俺は早足でリビングを出て、玄関の扉を開ける。

「どうしたんですか、優月なら来てませんけど」

制服姿の衛本さんは、指先で触れるだけで瞬時に崩れてしまいそうな儚さを湛えていた。瞳にいつものような鋭さはまるでない。俺と目が合うと一瞬だけ視線を逸らしたが、すぐに向き直る。

「……昨日は、誠に申し訳ありませんでした」

きっちり九十度、綺麗な謝罪だった。

「自分のことばかり考えていて、真守さんへの謝罪を怠っていました。本来あの場で何を差し置いてでも真っ先にお詫びするべきでしたのに。本日まで先延ばしにしてしまった自分の未熟さを恥じております」

「気にしないでください。俺は全然怒ってませんから」

　昨日の時点でわかってはいたけど、衛本さんに悪気がないことは充分に理解できた。俺なんかより、この人のほうがずっと傷ついているはずだ。

「あとこちら、お詫びの品です」

　両手に提げていた特大の紙袋を差し出してくる。

「こういう場合は量より質ということは重々承知しているのですが、どちらも妥協できなかったことをどうかお許しください。中身は今治産のフェイスタオル、五つ星ホテルのルームサービスでも採用されているドリップコーヒー、洗剤の詰め合わせ、ローションティッシュ、有名洋菓子店のフィナンシェ、あとは……」

「わ、わかりました！　あなたの気持ちは痛いほど伝わりましたから！」

　引き出物やお中元でもここまでバラエティに富んではいないだろうに。昨日から今日にかけて、百貨店を駆けずり回っていたのだろうか。

「……その、あれから優月は何か言っていましたか」

　空いた指をもじもじと絡ませながら、衛本さんが尋ねてくる。

「いえ……というより、昨日は帰ってきてないんですよ」

「……それってやっぱり、わたしを避けているからですよね」

　ここのところ、衛本さんは優月のお世話を目的に、毎日欠かさずマンションを訪れていた。彼女の推察はおそらく当たっている。

「現場で会う予定はないんですか？」

「昨日はグループでの活動だったのですが、二人きりで話せるチャンスがなくて。次に仕事で会えるのは一週間後なんです。電話はつながらないし、メッセージの返事もないし……。トラブルに巻き込まれていなければいいんですけど……」

　こんな状況でも、衛本さんは優月の身を案じていた。

「真守さんは、優月がどこに泊まるとか聞きませんでしたか？」

「さぁ……作法室で別れてからは連絡を取っていないので」

　俺が右の頰を触りながら答えると、衛本さんは霊に取り憑かれたかのようにがっくりと肩を落とす。この状態が一週間も続いたら、間違いなく衛本さんのメンタルは崩壊してしまうだろう。

「とりあえず謝らないことには状況は変わりませんので、また近いうちに優月の部屋を再訪することにします。では、わたしはこちらで」

　扉が閉まる瞬間まで、衛本さんは深々と頭を下げていた。

　リビングで大袋の中身を仕分けしながら、俺は独り言を言う。

「やっぱり体が反応しちゃったな」

幼なじみ曰く、昔から俺は嘘をつく時に右の頬がひくひくするという。

今回は頑張って意識したつもりだったけど、長年染みついた癖はそう簡単には抜けてくれないようだ。

俺は衛本さんに嘘をついた。

実はこの後、俺は優月と会う予定になっている。

場所はマンションでも学校でもない。

俺はボストンバッグを担ぎ、気合いを入れた。

密会場所の定番といえば、やはりホテルだろう？

☆　☆　☆

「広〰〰い……！」

同日夕方。俺に続いて入室した優月は、部屋の大きさに感嘆する。服装はTシャツにショートパンツといつもと同じスタイルだが、顔にはマスクと伊達眼鏡を装着していた。

俺たちは、都内某所の和モダンなホテルにいた。

靴を脱ぎ、襖を開けた先には大きな和室が一部屋。広さは十二畳で、いぐさの香りが心地よい。和室の中央には座布団を挟んで木製のローテーブルがあり、急須や湯飲み、饅頭の入ったお盆が置いてあった。

和室の奥には、旅館ではお馴染みの、テーブルと椅子が置いてある謎スペース。広縁という名称らしい。風呂や洗面所などの水回りは襖の手前、出入り口の右横に並んでいた。ゆうに五、六人は宿泊できる広さの部屋を二人で使うとは、なんとも贅沢だ。


始まりは、衛本さんが我が家に訪問してくる数時間前に掛かってきた一本の電話。

俺が宿題を片づけていると、テーブルの隅に置いていたスマホが震えた。優月からだ。

「もしもし、優月か？　帰ってこないから心配してたぞ」

『……ごめん、なかなか気持ちの整理がつかなくて。今、ちょっとだけ平気？』

優月の声は暗く、沈んでいた。

「昨日のことなら気にするなよ。むしろこっちこそ悪かったな。元はといえば、俺が昼メシを食べさせようとしたのが発端だし」

『ううん、鈴文は謝っちゃ駄目。だって鈴文は悪くないもん』

「……そうか」

昨日の仕事現場は、さぞお通夜のような重苦しい空気だったのだろう。いや、優月ならほかのメンバーに余計な心労をかけないよう、表面上はいつも通り振る舞うか。

「衛本さんのこと、まだ怒ってるのか？」

『怒ってるっていうか……今は会いたくない』

電話口の声は様々な感情が入り混じり、揺らいでいた。優月自身、己の抱えている感情の正体を理解していないように思える。

『お昼過ぎには仕事が終わるんだけどさ。マンションに帰ったら、そのうち留々さんが来るでしょ？　どんな顔して会えばいいかわからないよ……』

優月はアイドルだ。本心を上書きし、偽物の感情で取り繕うなどお茶の子さいさいだろう。かつて学校の資料室で、俺にアイドルモードで接してきたように。その手法を用いないのは、優月にとって衛本さんは、ただの同僚でも先輩でもないからだ。積み重ねた日々と感謝の気持ちがあるからこそ、簡単には割り切れないでいる。

『昨日は事務所の仮眠室を借りたけど、ずっとこのままってわけにもいかないし……』

「……まぁ、そうだな」

衛本さんと話し合う必要性を理解していても、まだ心が追いついていないのだろう。

『ごめんね、こんな話して。鈴文からしたら知ったこっちゃないって感じだろうけど』

声のトーンが少しだけ上向きになる。優月は明らかに無理をしていた。雰囲気的にどうやら終話に向かっているようだが、問題は何ひとつ解決していない。

「マンションに帰らないとしたら、今日の寝床はどうするんだよ。ちゃんとしたところで寝ないと、疲れも取れないだろ」

『ビジネスホテルにでも泊まろうかな。自分で予約したことないんだけど、普通に電話すればいいのかな……？』

不安だ。いくら優月はアイドルとしてはトップクラスでも、まだ十五歳の女の子だ。うら若き乙女を外に放り出せるはずもない。

何より、今の優月は感情の行き場を失っている。一人であれこれ煩悶したところで、良い方向に向かうとも思えなかった。

今の優月に必要なのは、逃げ道だ。

立ち止まる時間、過去を振り返る時間、何も考えない時間、ちょっとだけ愚痴っぽくなる時間。

俺は、アイドルの有須優月がいくら完璧であろうと、プライベートの佐々木優月に完璧さは求めない。むしろ有須優月が完璧であるためなら、佐々木優月には気軽に弱音を吐いてほしいし、悩みも打ち明けてほしい。

不安をにじませる優月に、俺は明るい口調で告げた。

「……だったら、たまには贅沢しちゃうか！」

その後、俺は空きのあるホテルを探し、無事宿泊にこぎつけた。優月に頼んだことといえば、実家の親御さんに宿泊同意書を記入のうえ電子ファイルで送ってもらったことくらいだ。未成年が宿泊施設を利用するには保護者の同意が必要だからな。

入室した優月はよほどテンションが上がっているのか、マスク&伊達眼鏡を外すと同時にスマホを取り出し、パシャパシャと内装を撮りまくっている。

「仕事で泊まるのはビジネスホテルばかりだから、楽しみにしてたの！」

優月は広縁の椅子に座ってぴょんぴょんしたり、無意味に押し入れの襖や冷蔵庫を開けたりと、初めて外泊する小学生のような落ち着きのなさだった。

ちなみに宿泊費は俺持ちである。

俺はこの数週間、衛本さんにお世話される優月を、なにも遠くでハンカチを咥えながら見ていたわけではない。隙を狙っては日雇いのアルバイトを入れ、小遣い稼ぎをしていたのだ。

宿泊費は優月も半分払うと言っていたが、謹んで遠慮した。

これは俺なりのもてなしだ。たまには思いきり心身を休めてほしいという、ささやかな願い。いざという時のために貯めておいたバイト代が、こんなところで役に立つとは。

衛本さんには嘘をついてしまって申し訳ないと思う。だが優月から頼まれたのだ。

『もし鈴文のところに留々さんが来ても、私の居場所は内緒にしてほしいの』、と。

ここ最近は毎日のように一緒だったから、久しぶりにゆっくり自分の時間を過ごしたいのだろう。親しい相手でも、距離を取ることで初めて見えるものもある。今は優月(ゆづき)に心を休めてもらうことが最優先だ。

俺が急須のお茶を淹(い)れていると、優月がテーブルの向かいに腰を下ろした。湯飲みに満たされた緑色の液体を一口すすり、「ほぅ」と息を吐く。

「急だったのに、よく見つけられたね。高かったでしょ、ここ」

「値段を聞くのは野暮(やぼ)ってもんだろ」

それに、ほとんど休みなく働いている優月の収入なら、もっと高級な旅館にだって余裕で泊まれたはずだ。

「優月、言ってたよな。『たまには旅館で熱いお茶でも飲みながら羽を伸ばしたい』って」

「……覚えてくれてたんだ」

「まぁな」

自然動物公園を訪れた際、優月は語っていた。中学以来、遠足や修学旅行に一度も参加できていないと。だからこそ、「いかにも修学旅行っぽい」部屋である和室をチョイスしたのだ。現に、学校の作法室で寝転がる優月はリラックスした様子だったし。

なかなか学校行事に参加できない優月のために、臨時の修学旅行を開催する。それが今の俺にできる最大限のお世話だ。

「トランプとかボドゲとか色々持ってきたから、時間があれば後でやろうか」

「ホント？　ボドゲずっとやってみたかったの！」

折りたたんだ座布団をぎゅっと抱き締めながら、優月が顔を綻ばせる。「いつか時間があればボドゲをやろう」と約束を交わしたのは、GWの手前あたりだったか。

修学旅行を実現し、優月は和室を満喫できる。我ながら良い宿泊施設をチョイスできたと思う。大浴場もあるし、心身を休めるには打ってつけだ。

それに、このホテルを選んだ理由は、ほかにもある。

「和室の外もぜひ見てくれ。こっちに面白いものがあるんだ」

優月を連れて和室から入口側に戻った俺は、風呂や洗面所とは反対側のスペースを指差した。和室に夢中だった優月はようやくその存在に気付いたようで、瞠目する。

「えっ、ホテルなのにキッチンが付いてるの？」

このホテルにおける最大の特徴は、内装でもロケーションでもない。

襖の外、出入り口の左側に位置するのは、我が家にも引けを取らないほどの立派なキッチンスペース。調理器具はもちろん、食器類も充実していた。どうやらホテルと提携している食器メーカーの最新商品を一通り揃えているらしい。

「キッチン付きのホテルは、探せば結構あるぞ。コンドミニアムやウィークリーマンションと似たようなものだ」

自宅の使い慣れたキッチンもいいけれど、たまにほかのキッチンも使いたくなってしまうのは、料理を作る者の性(さが)か。

「優月(ゆづき)には和室と温泉、それに俺の作った料理でくつろいでほしいと思ってな」

「ふふ、アイドルをホテルに連れ込んであれこれしようなんて、いけないんだー」

「……場所がマンションからホテルに変わっただけだろ」

余計なことは考えないようにしてたのに、ちょっと意識してしまうではないか。

「そーいうことにしておいてあげる。どうせ本当の狙いは、私をメシ堕(お)ちさせることなんでしょ？　鈴文(すずふみ)が持ってきたバッグに食材が入ってることなんて、お見通しなんだから」

「安心しろ。コンセプトはあくまで修学旅行だからな。いつもみたいに肉や油のオンパレードってわけじゃないぞ」

「じゃあ、今日はただの楽しいお泊まり会ってことでいいの？」

お茶をすすりながら、優月は上目遣いで期待の眼差(まなざ)しを向けてくる。

「……ああ、きっと楽しんでもらえるんじゃないかな」

俺はそっとほくそ笑む。

今日のメシ堕ちは、優月にとって一生忘れられないものになるだろう。

☆　☆　☆

優月はよほどテンションが上がっているらしく、洗面所で一人先に浴衣に着替えた。白を基調としたオーソドックスな浴衣で、上には半纏を羽織っている。ちょっとサイズがオーバー気味なのが可愛い。

ボドゲをひとしきりやり込んだ後、少し早めに夕食の時間を迎える。

先ほどまでにこやかだった優月も、テーブルの前で警戒心を露わにしている。

「そう怖い顔するなよ。変なものは出さないから」

「どーだか。鈴文は意地悪だからなー」

心外な。俺はいつだって優月には真摯な態度を貫いてきたつもりだぞ。

「ま、どんな料理が出てくるのか想像はつくけどね。旅館らしく和風御膳ってとこ？」

優月は髪を払い、ドヤ顔を見せつけてくる。

着眼点は悪くない。しかし、ただ和食を提供するだけではつまらない。今回は優月にとことん修学旅行を満喫してもらう所存だ。

「一品目は……これだ」

テーブルに置いたのは、白、黒、桃、黄という四色のあんこと、ヘラ、竹串。

あまりに想定外な材料に、優月は目を疑っている様子だ。

「和といえば京都、京都の修学旅行といえば和菓子づくり体験と相場が決まっている。これから開催するのは……和菓子教室だ！」

「和菓子……教室？」

俺の宣言を受けてもなお、優月はまごついていた。

「え、ここでやるの？　っていうか鈴文、和菓子まで作れるの？」

「ふふ、俺を誰だと思っている。せっかくだから食べるだけじゃなく、作る楽しみも味わってほしくてな」

今回チョイスした和菓子は、桜をモチーフとした「練り切り」。白色の生地に桃色の生地を重ねたものでこしあんを包み、ヘラと竹串で花びらを成形。最後に雄しべ・雌しべの部分となる黄色の餡を、中央にちょこんと載せれば完成だ。

「俺が先に手本を見せるから、続けてやってみろ」

「う、うん……」

戸惑い気味の優月を横に、和菓子づくりを開始する。

バラエティ番組で様々なロケに参加している人気アイドル様も、和菓子づくりは初めてのようだ。手順やテクニックを学ぼうと、ゼロ距離でじーっと俺の手元を観察する。あまりまじまじと見られると、なんだか恥ずかしい。

「ほい、完成っと。優月は……」

「……」

優月は神経を研ぎ澄まし、竹串で練り切りに切れ込みを入れていた。真剣な横顔に、思わず目を奪われる。

髪を耳にかける仕草を挟みつつも、和菓子からは一切目を逸らさない。まるで自分の世界には、一個の和菓子しか存在しないかのように。

五分もしないうちに優月の和菓子が完成した。初挑戦とは思えないクオリティだ。

「んむぅ……」

だが優月は出来栄えに納得がいっていないらしく、唇を尖らせる。

「よくできてるじゃないか。パッと見、本物の商品みたいだぞ」

「でも鈴文のほうが綺麗だし、悔しい……！」

作っているうちに、持ち前の完璧主義が出てきたらしい。優月はテーブルにかじりつくように顔を近づけ、ふたつの和菓子を見比べている。

「俺は何度もやってるんだし、当たり前だ」

実際のところ、出発前に付け焼き刃で練習したんだけど。

「じゃ、早速食べようか。生菓子は足が早いからな」

「う、でもあんこは糖分の塊だしカロリーが……」

「心配するな。洋菓子に比べて脂質は少ないし、サイズも小さいから一個くらい問題ない」

さすがに自分で作ったものを拒絶する気にはなれなかったらしく、優月は練り切りをそっと口へ運ぶ。

「……あんこなのに、口当たりが軽いね。甘さすっきりで食べやすい……」

優月は和菓子の趣を感じ取るように、ゆっくりと噛みしめている。

「自分で作ったものだと、おいしさもひとしおだよな」

さて、手作り体験の後は、日本全国食べ歩きツアーだ。

大阪代表・たこ焼き。

広島代表・蒸し牡蠣。

北海道代表・イカの串焼き。

観光地を練り歩く最中、露店で思わず買い食いしてしまうようなメニューを次々に繰り出していく。優月も興が乗ってきたのか、「これはメシ堕ちじゃなくてただの観光だから！」とわかるようなわからないような言い訳をして、卓上に並んだ食べ物に手を伸ばしていく。

「たこ焼き、トロッとした生地の中から紅生姜や刻みネギが香って気持ちいいっ。蒸し牡蠣、ぷりっぷりで濃厚～。さすが『海のミルク』だね。イカの串焼きも肝の苦みが生姜の爽やかさと相まって、手が止まらない……！」

優月の楽しげな食リポをBGMに、俺はキッチンで次の支度にとりかかる。

「はぁ……どれもおいしかった……。修学旅行最高……」

お茶を飲み干すと同時に、優月は深く息を吐く。屋内食べ歩きツアー、堪能してもらえたようで何よりだ。

　手作り体験と食べ歩きが終わったら、いよいよ修学旅行も佳境に突入。

　ここからが、真の夕飯だ。

「お待たせ、優月」

　俺は、キッチンで調理した一品をテーブルに置いた。

「本日の夕飯は、天ぷらの盛り合わせでございます」

「なっ、揚げ物……！　しかもこんな山盛りで……」

　天ぷらといえば寿司やすき焼きに並ぶ、世界的な人気を誇る和食である。肉や魚、野菜を黄金色の衣で包んだその姿は、まさに芸術。薄くて軽い羽衣が食材の旨みを引き立て、文字通り天にも昇る気持ちを味わえる。

「このタイミングで揚げ物を出すなんて卑怯よ！　ここまでのメニューとは背徳感が段違いじゃない！」

「ふふ、すっかり食事モードになった今の状態で、天ぷらを拒めるかな？」

　今回のラインナップはキス、ししとう、ナス、大葉、そして大海老。天つゆと抹茶塩、お好きなほうで召し上がれ。

「ここまで来たら食べちゃえよ。真打ちを前に敵前逃亡するつもりか？」

「ぐぅ……」

胃袋の士気は最高潮。ここで撤退指示を出そうものなら、暴動が起きかねない。

だが苦汁に顔を歪ませた後、優月は天ぷらの載った皿を突き返す。

「……食べないわ」

ふむ、さすがに勢いだけで押し切るのは難しいか。

「私はここまでの『食べ歩き』で充分満足したもの。サイドメニューを充実させたことが仇となったようね！」

「キスも野菜も、今が旬なんだぞ？　季節の移ろいをその舌で感じてみないか？」

強気な割には天ぷらを何度もチラチラと見て、意識しまくりじゃないか。

「い、今さらそんな甘言に惑わされないわよ」

「海老だって立派だろう？　こんなデカい海老、めったに手に入らないぞ？」

「年末になったら事務所にお歳暮で届くもん……多分」

と言いつつ、優月は目元を手で覆った。まるで、異性のあられもない姿を視界に入れまいとする思春期の子どものように。

「もう一度訊くぞ。本当に要らないんだな？」

「……要らないっ」

「下げちゃうぞ。いいんだな？」

「………………」

今までなら、俺が料理を下げようとしたタイミングで食いついてくるのに。さすがにこの手法はもう通用しないらしい。その決意、あっぱれ。

「わかったよ。天ぷらは諦める。俺の負けだ」

俺は天ぷらのお皿を引き下げ、キッチンに持っていく。

「……やった……」

箸を置き、優月が静かに拳を作る。

「ついに……ついに私は、鈴文のごはんの誘惑に正面から打ち勝ったのよ！ 旬の食材を使った天ぷらを逃したって、ちっとも悔しくなんか……ないん……だからっ……」

大声を上げる優月は悲壮感たっぷりだった。これほどに痛ましい勝利宣言があるだろうか。

そもそも、まだ勝負は終わってないし。

「……鈴文？ 何やってるの？」

キッチンで俺は新たな武器を取り出した。丼である。

さすがは食器メーカーとの提携ホテル。食器棚には丼も収納されていた。

まずはホカホカごはんをこんもりとよそう。続いて一度は退場した天ぷら五種を、城を築くかのごとく次々に盛り付けていく。あとは天つゆ、水、醤油、砂糖、みりんで煮詰めたタレをかければ、フライドキャッスルの完成だ。

人はその名を、天丼と呼ぶ。

タレをかけるにあたり、新たな兵器の登場だ。これも無料で貸し出されていたものである。その名も「タレかけ」。

銀色の棒の先には、タレを入れるために急須のような形をした容器が付いている。注ぎ口は三本に分かれており、ここからシャワーのようにタレが流れ出るという構造だ。

俺は天丼の前でタレかけの棒を構えた。さあ、二回戦の始まりだ。

先ほどまで天ぷらから必死に目を背けていた優月の瞳は、今や俺の手元に釘付けになっている。流れ落ちるタレをその瞳に宿したくてたまらないのだ。

本能とは亡霊のようなもの。一度や二度振り払ったくらいで消えるほど容易くはない。誰でも簡単に飼い慣らせるなら、「三大欲求」なんて大層な呼び名は付いていないだろう。

「それでは、ご静聴ください」

「ま、待って！　そんなことしたら――」

タレかけから湧き出た三本の曲線が、天ぷらを茶色に染め上げる。

熱々の衣とタレが絡み合い、パチパチと音を鳴らす。

天丼という新たな命の誕生を目の当たりにした少女の理性は、瞬時に崩壊した。

崩れた理性の内側から現れたのは、食欲に忠実な一人の女の子だった。

「いただきますぅ〜〜っ♥」

頬を撫でるように、優月の左手が丼に触れ、宙に浮く。

箸が最初に捕まえた獲物は海老だ。優月は大口を開け、一気に半分近くまでかぶりついた。

「ザクザクの衣にプリプリの海老、二種類のサウンドが織りなす交響曲が、耳の奥で永久にループしてる……♥　この海老、すっごい肉厚。天丼の中央で完全にステージを支配してるよ……♥」

続けざまに米をかき入れると、さらに目元がゆるゆるになる。

「揚げ物とごはんを一緒にかっ込むのって至福以外の何物でもないよね……♥　タレがしみしみになったごはんだけでも立派なご馳走だもん♥」

ここまで優月は一度も丼を手放していない。それどころかどんどん前のめりになり、頭から丼に吸収されてしまいそうな勢いだ。

「キス、まるで雲みたいに軽やかでふわっふわ♥　油っこさ皆無で、飲み込んだ直後には食べたことすら忘れてしまうような……。ナスはタレと油を目一杯に吸い込んで、噛むと同時に旨みとなってじゅわ〜って溢れてくるの♥　トロリとしてて、あっという間に喉を滑っていっちゃう♥　ししとうと大葉は、ほのかな苦味がお目付け役になって、天丼を正しいおいしさに導いてくれるっ♥」

器と箸の触れ合う音が、徐々にクリアになっていく。演目もフィナーレの時間が近づいてきたようだ。

「ちなみに天ぷらはまだ残ってるけど、抹茶塩でも食べてみるか？　一応ほかにカレー塩と桜塩も準備してあるけど……」

「ぜんぶ食べる〰っ♥」

どうやら閉演はまだまだ先になりそうだ。

☆　☆　☆

「うぅ、苦しい……もう入らない……」

皿洗いを済ませ、キッチンスペースから和室に戻る。優月は両手でお腹を押さえ、アザラシのように畳で横たわっていた。天ぷらのおかわりまでしたら、そりゃ腹いっぱいになるよな。この数週間、よほど上品な食生活を送っていたのだろう。

どうやらガス抜きには貢献できたようだ。これで優月と衛本さんの仲直りが少しでも円滑に進めばいいんだけど。

「さて、そろそろ俺はお暇しようかな」

俺がボストンバッグを担ぐと、横になっていた優月が瞬時に起き上がる。

「え、もう帰っちゃうの？」

優月がぺたんと女の子座りでこちらを見つめていた。その瞳には、孤独にも似た寂寥感をにじませている。

「……もっとゆっくりしていけばいいのに」

予約の際、俺は部屋をふたつ押さえていた。八階のキッチン付きの和室と、三階の比較的安価な洋室。

優月がアイドルだからというのもあるが、年頃の男女が同室で就寝するわけにもいくまい。優月だって俺がいたらゆっくり眠れないだろうし。

「何か困ったことがあれば気軽に連絡してくれ。あ、もちろん明日の朝食も作りにくるから覚悟しておけよ？」

安心させようと笑いかけてみても、優月のリアクションは薄い。もっとボドゲを楽しみたいのだろうか。だが時刻はもう夜の十時を回っているし、あまりはしゃぎ過ぎて明日の仕事に支障が出てはいけない。

俺が部屋の外に出ていこうとすると、シャツの裾が下から引っ張られる。

「……離してくれないと、戻れないだろ」

「……じゃあ鈴文が振り払ってよ」

振り返って見下ろすと、優月と目が合った。

濡れた琥珀色の瞳が、静かに俺を見上げている。

本音を言えば、俺だってもう少し優月と一緒にいたい。でもこれ以上欲張るのは贅沢が過ぎるというものだ。

シャツから滑り落ちた真っ白な指が、少しずつ元の位置に戻ろうとする。

優月は感情を押し殺すように下唇を噛み、何も言葉を発しない。

俺が寂しさを胸にしまい込み「おやすみ」を言おうとした時だった。

裾をつかみ直す感触があった。今度はさっきよりもずっと強く。

「……決めた」

優月の表情が徐々に自信に満ちていく。

お隣さんとして三か月も付き合っていればわかる。これは何かを思いついた顔だ。

優月が勢いよく立ち上がり、宣言する。

「アイドルとの一泊二日お泊まりツアー、開催決定！」

「……は？」

いきなり何を言い出すんだ、コイツは。

「撮影会以来、鈴文をファンにオトすための活動ができてなかったからね。ここらへんで大きく勝負に出ないと！」

立ち上がり両手を腰に当てた優月は、今日一番でイキイキとしている。

「待て待て。いくら何でも急すぎるぞ」

「前もって予告してたら不意打ちにならないじゃない。それに言ったでしょ？　鈴文を私自慢のトップオタにしてあげるって。メイキングDVDでも見られない有須優月の裏側、ばっちり見せてあげる！」

完璧なウインクを決めるとともに、人差し指で俺の心臓を狙い撃ちするポーズを取る優月。

「……マジで？」

人生初のお泊まり会は、まさかのアイドル同伴でした。

ROUND.7 「鈴文のばーか」②

日本国内の温泉地といえば、熱海、草津、箱根、湯布院などが有名だ。温泉旅行を趣味とする808号室のご夫婦曰く、我が国には三千近くもの温泉地があるという。それは先述の観光スポットに限らず、東京にも無数に存在するらしい。俺たちが宿泊しているホテルもそのひとつで、地下からくみ上げたかけ流しの温泉を心ゆくまで楽しめる。

自宅の何倍もの広さを持つ湯船に身を沈める瞬間は、極楽の一言に尽きる。足を広げて肩までゆったりお湯に浸かっていると、悩みや不安は湯気とともにたちまち霧散してしまいそうだ。

とはいえあくまでそういう気がするだけで、問題は何ひとつ解決しちゃいないんだけど。

「……」

今から数十分前。俺と優月は同じ部屋に泊まることが決定した。

発案者曰く、「アイドルとの一泊二日お泊まりツアー」。優月からアイドル的アプローチを受けるのは久しぶりだ。

そう、これはあくまで優月の作戦。俺をドキドキさせて、アイドル・有須優月のファンにオトそうとしているに過ぎない。決して俺と一夜を明かしたいとか一線を越えたいとかって話ではないはずだ。

ゆえに動揺する必要はまるでないのである。ハンドタオルを部屋に忘れてきたのも、かけ湯と間違えてサウナ横の冷水を肩からぶっかけたのも、俺が単なるおっちょこちょいなだけだ。それに今この瞬間、壁の向こう側で一糸纏(まと)わぬ姿の優月がいたところで俺には何の関係もない。

とはいえ風呂を上がる前に、もう一度体を念入りに洗っておこうと思った。

☆　☆　☆

脱衣所を出た俺は向かいのベンチに腰を下ろす。

あたりに優月の姿はない。どうやら俺のほうが先に上がったようだ。廊下の冷たい風が心地いい。

優月とはここのベンチで待ち合わせをしていた。エレベーターを動かすにはカードキーが必要だからだ。部屋には二人同時に戻るほかない。

待つこと数分、「女湯」の暖簾(のれん)の奥から一人の少女が現れる。

「鈴文、お待たせ」

浴衣姿の優月がぱたぱたと小走りで近づいてくる。

ほんのり濡れた黒髪が、肩に垂れている。体からはほわほわと湯気が上がっていた。

火照った顔は色気を漂わせ、髪をかき上げる仕草もどこか色っぽい。

「……髪、乾かしてからで良かったのに」

「んー、でも部屋のドライヤーなら人目も気にならないし」

湿った髪は、いつも以上に艶やかに感じられた。まるでシルクのようだ。

「あれ、もしかして見惚れちゃってる？」

にひっ、といたずらっぽく目を細める優月。

「……んなわけあるか」

嘘である。意識しないようにしても、つい目が吸い寄せられてしまう。

「せっかく見放題なんだから、しっかり記憶に刻んでね？　私の浴衣姿」

優月は浴衣の袖をつまみ、くるんと一周した。ただのターンにも確かなキレを感じられる。さすが現役アイドル。

風呂上がりの優月は、当然ながらすっぴんだ。しかしメイクを落とした優月はどこか幼げな雰囲気があって、むしろ普段より可愛らしさがアップしているような。琥珀色の瞳も、凛々しい眉も、薄い桜色の唇も、魅力はまったく衰えていない。

「……じゃ、私たちの部屋に戻ろっか」

「あ、ああ」

私たちの部屋。深い意味はないはずなのに、胸の鼓動が早くなるのを感じる。

俺が立ち上がると、優月がぴったりと横についた。髪からはシャンプーのにおいが漂ってくる。甘いにおいに誘われ、歩きながらつい横目で見てしまう。

幸い、フロアに人の姿はない。俺たちは並んでエレベーターに乗る。

和室のあるフロアは、俺たちのマンションと同じく八階だった。マンションのエレベーター内での小指つなぎを思い出し、ちょっとだけドキドキしてしまったのは内緒だ。

部屋に戻り、ようやく気分が落ち着いてきた。マンションではしょっちゅう二人きりでいるはずなのに、場所がホテルというだけでどうしても強く意識してしまう。

平常心を取り戻せ、真守鈴文。俺は優月にリラクゼーションを提供することだけ考えればいい。

優月が洗面所で髪を乾かしている間、俺は奥の広縁で一休みすることにした。窓の外の景色でも眺めて気持ちを切り替えよう。

やがて洗面所から戻ってきた優月が、和室の中央でストレッチを開始する。首を左右に傾けたり、うつ伏せで膝の裏を伸ばしたり。着込んだ状態だとストレッチがしにくいのか、半纏はいったん脱いでいた。

窓ガラスに映った優月と目が合う。

「鈴文、やっぱ見惚れてるじゃん」

「……だからたまただって」

「はいはい。どうせ見てるなら手伝ってよ」

手招きを受け、俺は優月の前に移動する。

「せっかくだからペアストレッチに協力して。はい、足伸ばす」

俺が畳に座って両脚を伸ばすと、優月が真向かいで胡坐をかく。俺の足裏が、優月の足首に触れる。浴衣からちらりと覗く素肌にドキリとさせられる。

「次は両手を前に突き出して」

優月は腕をクロスさせてから、それぞれ俺の手首をつかむ。

「あとは思い切り体を後ろに引いて。ぐーって」

「お、おう」

手首を引っ張ると、胡坐をかいた状態で前傾姿勢になった優月が「んっ」と声を上げる。

「悪い、痛かったか？」

「ううん、私は大丈夫だから……。途中で止めちゃ駄目」

言葉だけ切り取るといかがわしいニュアンスに聞こえてしまうのは、俺の心が穢れているからだろうか。

はじめのうちは余裕そうにしていた優月も、二回、三回と繰り返すごとに息が荒くなっていく。前後に体を動かしているうちに着衣も乱れて、胸元が緩くなっていた。

つーか浴衣の下、シャツとかじゃなくて直にキャミソールかよ！　前も思ったが、女子的にキャミソールは男に見られても平気なものなのか？

いかん、サポートに集中しろ。一生懸命ストレッチに励んでいる優月に邪な気持ちを抱くなど言語道断。

だが俺の精神力を試すように、浴衣はどんどんはだけていく。帯の締めつけが弱いのか。それまでのストレッチで帯が緩みやすくなっていたのか。もはやわざと見せつけているのではと疑いたくなるくらい、胸元がガッツリ開いていた。本人は歯を食いしばって両目を閉じており、まったく気付く様子ではないのが余計にたちが悪い。

規定の回数が終了すると、優月は仰向けに倒れ込んだ。

「うぅ、最近は背筋のトレーニングが疎かだったからなぁ……」

悔しそうな優月を見ていると、心をかき乱してしまった自分が情けなく思えてくる。次回からは誠実な気持ちでストレッチに協力しようと心に誓う。

「喉渇いた……お水飲も……」

キッチンに向かうべく、優月が俺の目の前で立ち上がった瞬間だった。

するり。

真っ赤な帯が、浴衣から離れる。

現状を確認しておこう。優月の胸元は大きくはだけ、薄桃色のキャミソールがガッツリ覗いている。浴衣はもはや乱れたというより、あえて着崩した感じのファッションに思えるほどだ。そのため帯という拘束具を失った着物は重力に従い、ゆで卵の殻を剥くかのようにつるんと剥がれる。

「へっ？」

上だけならまだいい。優月的に、キャミソール姿を晒すのは恥ずかしいことではないようだから。

だが下はどうだろう。ショーツをズボンのカテゴリーにねじ込むのは、さすがに無理がある。その証拠に、優月の顔はみるみるうちに赤く染まっていった。

深夜の和室に、優月の悲鳴がこだまする。

☆　☆　☆

あれから俺たちは、和室とキッチンで各々のやるべきことを粛々とこなしていた。優月は新曲と思しき音源の聴き込み、俺は調理器具の手入れ。

別に喧嘩をしたわけではない。単に気まずいだけである。

俺は優月へのフォローにあたり、「ギリギリ見えなかった」という言葉を選択した。本当は一瞬だけ、キャミソールの色とは異なる、黄色の何かが視界に映ったような気がしなくもないけど。勘違いという可能性も充分にあるし、そもそも正直に答えるメリットがない。優月は俺の言葉を受け入れ、表面上は安堵した様子だった。

それでもすぐに元通り、とはいかなかった。ここが『レジデンス織北』で、最終的にそれぞれの部屋に戻るのであれば、一晩置くことで気持ちの整理ができる。しかし今日は寝るまで……というより寝室まで一緒だ。意識するな、というのは無理がある。

最初は「アイドルとの一泊二日お泊まりツアー」なんて息巻いていた優月も、すっかり素に戻ってしまったようだ。たまに俺と目が合うと、ねじれんばかりの勢いで顔を背けてしまう。

今からでも俺だけ洋室に移動するべきか。しかしそんなことを言い出したら、実は下着が見えていたと白状するようなものだ。

時刻は深夜一時を回った。休みの俺はともかく、優月は朝から現場に向かうという。いたずらに睡眠時間を削らないためにも、ここは俺から口にするべきだろう。

「……ぼちぼち寝るか」

寝るというワードに反応し、優月の肩が大きく揺れた。やがてオイルの切れたブリキ人形のようなぎこちない動きで、きりきりと俺のほうを向く。

「……そ、そうね」

この部屋にベッドはない。どうやら押入れに布団一式がしまってあるようだ。

和室はそれなりに広いし、端と端に敷けばそれほど気まずくもならないだろう。

だが俺の期待は一瞬で打ち砕かれた。

「……ん？」

押入れを開けると、用意されていた布団は一組のみ。

俺の背後から押入れを覗き込んだ優月は、口をあわあわさせていた。

「よくよく考えたらそうだよな……」

元々俺たちは別々の部屋に泊まる予定だった。一部屋につき宿泊者が一人なら、準備される布団も当然一組だ。どうしてそんな当たり前の事実に思い至らなかったのか。

フロントの受付時間はとっくに終了している。今さらもう一組手配してもらうのは難しいだろう。

「すまん、俺のミスだ。俺は広縁の椅子で寝るよ」

「駄目だよ！　そんなところで一晩過ごしたら風邪引いちゃうし、体だって痛いでしょ」

「ならやっぱり俺は三階の洋室で……」

出入口に向かおうとすると、浴衣の裾が後ろに引っ張られる。

浴衣の端をつまんだ優月は袖で口元を隠し、ぽそりと呟く。

「……一緒に寝る？」


優月の顔は火照っている。恥ずかしさを押し殺し、上目遣いにこちらを見つめていた。

「……それは、さすがに」

「私と一緒の布団じゃ、嫌？」

「そういう意味じゃなくて……」

「じゃ、決定ね。鈴文は歯磨いておいで。私はさっき磨いたから、その間に布団の準備しておくね」

優月は淡々と押入れに手を伸ばす。顔が隠れているため表情はうかがえない。俺はうまく返事ができず、「……おう」と答えるのが精いっぱいだった。歯磨きに普段の倍は時間をかけたと思う。

洗面所から出ると、すでに和室の灯りは落とされていた。

ここから先、行動によっては俺の人生が大きく変化するかもしれない。

俺は固く誓う。

優月には指一本触れない。絶対に優月を傷つけることはしない。

覚悟を決め、畳に上がる。

「……鈴文」

和室の中央に、一組の布団が敷いてある。優月はその横で正座をしていた。

窓の外から届く月光が、優月を優しく照らす。

柔らかな微笑み、艶やかな髪、細くしなやかな体躯、白く滑らかな首筋や足先。

美しい、と思った。

「……じゃ、寝るか」

手前側に腰を下ろし、掛け布団をめくる。さすがに枕をシェアするわけにはいかないので、俺の分は折りたたんだ座布団で代用する。

俺に続けて、優月も横になった。シングルサイズの布団は、高校生の男女が共用するにはさすがに幅が狭かった。肩が触れ合った瞬間、息が止まりそうになった。

「優月、ちゃんと全身入ったか？」

「うん。鈴文は平気？」

「問題ない」

正直、左肩は布団からはみ出ていたけど、これが限界だった。さらに密着しようものなら、自分を制御できる自信がない。

「鈴文、ドキドキしてる？」

「してないと言えば嘘になる。……そっちこそどうなんだよ」

「わ、私はアイドルだから。ファンの人とツーショット撮る時とかは、ここ、これくらい近づくことだってあ、あるし？」

「めちゃくちゃ声が上擦ってるじゃねーか。緊張しまくりだろ」

「す、すす鈴文ほどじゃないし！」

暗闇にも徐々に慣れてきて、優月の顔がはっきり視認できるようになる。濡れた瞳も、長いまつ毛も、鼻も、頬も、口も。とっくに見慣れているはずなのに、いつまでも眺めていたくなる。

優月もこちらを一心に見つめていた。俺たちの距離はわずか十センチほど。どちらかが体勢を変えたら、その拍子にうっかり唇が触れてしまいそうだ。俺は身じろぎひとつせず、石のようにじっとしていた。

たった数分が、永遠のように感じられた。

この時間がずっと続けばいいのに、と願わずにはいられない。

それでも時間は等しく流れる。時は待ってくれない。

だから、いつまでも立ち止まっているわけにはいかないのだ。

「……優月は、衛本さんのことが嫌いになったのか？」

俺が質問すると、優月の瞳が揺れた。

「嫌い……じゃない。でも、鈴文のごはんを粗末にしたのは本気で怒ってる」

「俺は全然気にしてないからさ。そろそろ許してやったらどうだ？」

「……」

しばらく沈黙が流れる。外からも、隣の部屋からも、音はまったく聞こえない。

「……今では反省してるんだけど。私ね、上京したばかりの頃は、ちょっと生意気だったんだよね」

「ほう」

優月の口からそんなワードが飛び出すとは、意外だ。

「初めて東京に来た高揚感とか、念願のアイドルになれるって期待とかで、周りが見えてなかったの。メンバーにも負けたくないって、気合いばかりが先行しちゃって」

【スポットライツ】が世に出た時、優月は中学一年生だった。デビューまでの下準備を逆算すれば、上京時はまだ小学生だ。己の感情を優先してしまうのも無理はない。

「メンバー同士も、今ほど仲良くなかったしさ。仲間っていうよりライバルって感じで、みんな個人主義だったよ。気を許したら負け……じゃないけど、プライベートな会話はほとんどなかったし。私は誰より練習して、歌もダンスもうまくなって、絶対センターになってやろうって思ってた」

認められたい、周りに負けたくない、目立ちたい、活躍したい。そういった感情をエネルギーにするのは、何も悪いことじゃない。

「だからさ、デビュー曲の立ち位置が端っこだって聞かされた時、これまでの努力が間違いだって言われた気分になったんだよね。プロデューサーさんにも、『どうして私がセンターじゃないんですか』って直談判してさ」

「尖ってるなぁ」

だよね、と優月は苦笑いする。

「あっけなく突っぱねられて、一人のスタジオで泣いてたらさ。先に帰ったはずの留々さんが来て、声をかけてくれたの」

その頃から衛本さんは世話焼きだったのか。当時は自身もまだ中学生で、周りをフォローする余裕なんてなかっただろうに。

「私が右端で、留々さんが左端。端っこ同士、きっと私に共感してくれると思った」

「違ったのか」

「私の話を一通り聞いた留々さんは、開口一番にこう言ったの。『優月は欲しがりなんだね』って」

「欲しがり？」

「そ、欲しがり。世の中には実力があっても運や環境に恵まれない人はごまんといるんだよね。しかもアイドルって若いうちじゃないとデビューが難しいし、十二歳でチャンスをもらえた私は、それだけですっごくラッキーだったんだよ。なのに私はセンターになるってことしか頭になくて、自分が否定されたような気になってた。留々さんは、そんな私の甘さを見抜いて指摘してくれたの」

優月は懐かしむように頬を吊り上げた。自身の恥ずかしい過去を語っているはずなのに、声には温もりを感じる。

「でも、それだけじゃ終わらなかった。留々さんは撮り溜めてた練習動画やレコーディング音声を手元で再生して、私に何が足りないのかを客観的に意見してくれた。留々さんも自分のことで手一杯なはずなのに、私を励ますために何度も見返してくれたんだと思う」

当時の衛本さんにとって、優月は真っ先に倒すべきライバルだったはずだ。敵に塩を送る、とまでは言わずとも、誰にだってできる行動ではない。

「改めて振り返ったら、自分で思ってるより歌もダンスもダメダメで。音程は安定してないし、踊りも指先の細かい動きが雑だし、よくこれでセンター張ろうと思えたなって笑っちゃった」

暗い部屋の中で、優月の白い歯がこぼれる。

「留々さんはスタジオを出る前に、『また辛いことがあったら相談して』って言ってくれた。けど、私って人に頼るのがあまり得意じゃないからさ」

「そうだったな」

悩みを一人で抱え込む癖は、俺もよく知っている。

「ましてや当時はみんなバチバチだったし、いくら先輩でもそんな甘えちゃっていいのかなって。ただ留々さんには私の性格をとっくに見抜かれてたみたいでさ。最後にこう言ったの」

——だったら今日からわたしは優月の《姉》になる。それなら気兼ねなく頼れるでしょ？

「……その言葉を聞いて、ようやく肩の力が抜けた気がした。ああ、留々さんの前では強がらなくてもいいんだって」

グループの仲間でも、先輩・後輩でもなく、姉妹。二人だけの関係が、優月を変えていった。

「次の日から留々さんがスタジオ入りすると、『おはよう』って挨拶だけじゃなくて、抱き着いてくるの。突然のことだからはじめは周りの人たちもぎょっとしてたし、私もびっくりしたけど。きっと留々さんも歩み寄ろうと頑張ってくれてたんだよね。次第にそれが当たり前になって、ある日に私からハグしたら留々さん、ちょっと泣きそうになってた」

初めて衛本さんとマンションで出会った日、二人の情熱的な抱擁に俺は面食らってしまった。あれはその場のノリなどではなく、二人が築いてきた信頼そのものだったのだ。

「味方がいるって、すごく安心するんだよね。留々さんがそばで見守ってくれていたから、私は自分のやりたいことを貫けた。《お姉ちゃん》のおかげで、私はここまでやってこられたの」

正直、衛本さんと優月の姉妹関係はアンバランスなものだと思っていた。だが優月も負けないくらいに《姉》を想っていたのだ。

「昔は毎週のように遊んでたの。カラオケとか猫カフェとかボウリングとかいろんなところで一緒の時間を過ごして、お揃いのネイルにしたこともあった。ほかにも東京のおいしいお店に連れていってもらったり……。とはいえ中学生だから、チェーン店ばかりだったけどね。デビュー直前に行った和食レストラン、おいしかったなぁ。仕事の場以外では敬語禁止って言われたのもあの時だったっけ。二人だけの決起会、懐かしい」

この三年間を振り返る優月の表情は楽しげで、一点の曇りもない。

「そんなに衛本さんのことが大切なら、そろそろ水に流してやっても……」

「それとこれとは話が別なのっ」

優月は頭から布団を被った後、巣穴から外の様子をうかがうリスのように、ひょっこり顔を覗かせる。

「……自分でもわからないの。どうしてここまで引きずってるのか。いつまで経っても自分の気持ちと折り合いがつけられなくて。自分はこんなに器が小さかったのかって、喧嘩した日を思い返すたびに自分が嫌になる」

衛本さんの狼藉（ろうぜき）がわざとじゃないことくらい、優月はとっくに受け止めているはずだ。どう許したらいいのかわからないというだけで。

俺はふっと笑みをこぼす。

「優月は、衛本さんが大好きなんだな」

「……なんでそういう話になるの？」

「衛本さんが羨ましいよ。優月は俺に対してあそこまで怒ったりしないだろ？　理性より感情を優先するくらい、《姉》に心を許している証拠だ」

「……」

不思議そうな目を向けてくる優月に、俺は思ったことを正直に伝える。

「もし、作法室でやらかしたのが衛本さんじゃなくて学校の先生やクラスメートだったら、いつものアイドルモードで適当に丸く収めていたんじゃないのか？」

「そう……なのかな」

不安げな眼差（まなざ）しを向けてくる優月を前に、俺は思案する。どうすれば、優月は自分の気持ちに素直になってくれるだろうか。

誰だって自分の弱い部分には目を向けたくないし、認めたくない。

でも認めないと、前には進めない。自分と向き合えるのは、自分しかいないのだから。

想いを口にするには、勇気が必要だ。

だから俺は少しでも優月の背中を押せるよう、自分で立てた誓いを破ることにした。

「……えっ、鈴文？」

俺は自身の右手を、優月の左手に重ねる。

握手でも、小指一本でもなく、しっかりと手をつなぐ。

「……簡単に折り合いつけられたら、苦労はしないよな。どんなに好きな相手だって、好きなところだけじゃないし。当たり前の話だよ。それがわかっているからこそ、相手を許せないことが余計にしんどいんだよな」

優月の抱えているモヤモヤに寄り添うことはできても、真に理解することは絶対にできない。なぜなら俺は、衛本さんと「日常」を積み重ねていないからだ。

「でも、自分の気持ちを誤魔化す必要はないんだよ。いくら嘘で取り繕ったところで、嘘はずっと消えない。自分の気持ちに嘘はつかなくていい」

優月の指が一瞬離れかけたが、再び俺の手に重なる。

「大丈夫だ。俺が横でちゃんと聞いてるから」

俺は何度も「大丈夫」と繰り返す。

やがて、優月が小さく息を吸い込んだ。

「……むかつく」

手を握る力が強くなる。

「鈴文が作ってくれたごはんを雑に扱うなんて、許せない」

「そうか」

「私生活にまでいちいち口出ししないでほしい。私が誰と何をしたって勝手じゃん」

「そうかもな」

「あと、年々ハグの力が強くなってきて、正直ちょっと苦しい」

「ずいぶん情熱的だよな」

「……でも、好き」

黒い感情をひとつずつ取り除いていくと、奥からかすかな光が差し込んでくる。

「ずっとこのままは嫌。もう一度留々(るる)さんと笑い合いたい。……仲直り、したい」

震える手を、俺はぎゅっと握りしめる。

「なら、あとは本人に直接伝えるだけだな」

「……うん」

優月は安心したように目を細める。

やがて、人差し指で俺の手の甲をとんとんと叩(たた)いた。

「ねえ、鈴文」

「ん？」

「……今日はこのまま寝てもいい？」

「いーよ。好きなだけ握ってろ」

「じゃ、遠慮なく」

優月がさらに体を密着させてくる。そして一度手を放し、俺の指の間に五指を滑り込ませる。いわゆる恋人つなぎだった。

「こっちのほうが、好き」

優月の指先が、俺の手の甲を撫でる。感触を確かめるように、何度も。

「……これも、いつものアイドルムーブか？」

「私がそうしたいだけだよ」

目の前の無邪気な微笑みは、ステージに立つ彼女の笑みとはきっと異なる。手の届かない、決して触れられない偶像は、ここにはいない。

「鈴文、嬉しい？」

「……ああ、嬉しいよ」

「私も」

それだけ言い残し、優月は布団に潜ってしまう。もう表情はうかがえない。ならばせめて、高鳴る俺の心臓音が届いてくれたらいいのにと思った。

やがて俺たちはどちらからともなく、深い眠りに落ちる。

互いの息遣いだけが、部屋で静かに響いていた。

☆　☆　☆

朝の七時。スマホのアラームが鳴る前に自然と目が覚めた。

目の前に安らかな寝息を立てる美少女がいて、危うく声を上げそうになった。

数瞬の後、俺はお隣の人気アイドルと同衾した事実を思い出す。

一晩経ってもなお、俺の右手には優月の指が絡みついていた。

名残惜しさを感じつつも、そっと手を抜き取り起床する。優月に布団を掛け直してから、洗顔と歯磨きを済ませ、キッチンに立つ。

調理の前に手を洗っても、昨夜の余韻は覚めなかった。優月の手の感触も温もりも、しっかり覚えている。後で優月が起きた時も、同じ気持ちを抱いてくれていたら嬉しい。

「……よし、今日もいっちょ優月を喜ばせますか！」

旅館は夕食が醍醐味だが、朝食も重要だ。広々とした静かな和室でいただく朝食は、自宅とは異なった趣がある。

とはいえ変わったメニューを用意する必要はない。むしろこういう時は、定番であるほどに嬉しさが増すというものだ。

まずは味噌汁の準備から。使用する味噌は豆味噌、具はナメコと豆腐。優しく滑らかな口当たりが朝食にぴったりだ。

続いて厚焼き玉子。少量の醤油を垂らし、食感を足すために刻みネギも投入。

俺にとって和の朝メシに欠かせない一番の品は、タコさんウインナーだ。半分に切ったウインナーの断面に切り込みを入れ、火を通す。熱されたウインナーは、フライパンの上で八本の足を広げていく。

最後にホカホカの白米を茶碗いっぱいに盛れば出来上がり。

トレイに朝食一式を載せて、和室に戻る。優月はまだ夢の中のようで、無防備な寝顔を晒している。思わずほっぺを突っついてやりたくなったが、ここは我慢。

俺はローテーブルに朝食を置き、カーテンを開けた。爽やかな日差しが部屋に入り込み、眩しさに優月が顔をしかめる。

「ほら、朝だぞ。起きなさい」

「はぁ～い……」

むくりと上半身を起こすと、寝癖だらけの黒髪がだらんと垂れる。優月は朝に弱いのか、目をつむったままメトロノームのように体を左右に揺らしている。

ここまで緩み切った表情は新鮮だ。優月の知らない一面に、胸がときめく。

しばらくうつらうつらとしていた優月だが、やがて鼻をすんすんさせる。

「ん……ごはんのいいにおい……」

にへら、と口元が緩む。どうやらまだ意識が覚醒していないらしい。

試しにウインナーと厚焼き玉子が載った皿を、優月の鼻に近づけてみる。

「うへ……パリッと香ばしいウインナーと、醤油を強めに効かせた玉子焼きが、ごはんに合う……♥」

コイツ、夢の中で食リポを始めやがった。

「口の中で溢れ出すウインナーの肉汁は、まさに源泉……♥　噛めば噛むほどお肉の旨みと薫香が口いっぱいに広がるの……♥　あ、玉子焼きはネギも入ってるんだ……。爽快な香りが吹き抜けて、目覚めの朝にぴったり……♥」

視覚と味覚を封じた状態で食材まで言い当てるとは。なんたる研ぎ澄まされた嗅覚。

ならば、と今度は味噌汁を鼻の前に持っていく。

「赤だしの深いコクとほのかな苦味が、口内をキリッと引き締めてくれる♥　ナメコと豆腐がホッとするね……♥」

あまりの正確さに、俺はもはや恐ろしさすら感じていた。まるで格上の敵キャラに攻撃をすべて先読みされている気分だ。

ならば、と俺は急遽キッチンに戻り、追加のメニューを用意する。

和室で迎える朝とはいえ、なにも献立を和食に限定する必要はない。

薄力粉、卵、砂糖、塩、牛乳、バニラエッセンス、ベーキングパウダーで錬成したパンケーキをメープルシロップでひたひたにして、仕上げにはカリカリに焼いたベーコンをドッキング。パンケーキの甘さとベーコンのしょっぱさは相性が良く、何気に定番の組み合わせである。最後にたっぷりの生クリームを添えたら完成。

再びトレイに載せて移動し、畳を踏んだ瞬間。

優月がむにゃむにゃとエア咀嚼を開始する。

待ってくれ、まだ素敵の範囲外のはずだ！

「軽やかな食感のパンケーキが口でさっと溶けて、ナイフとフォークを動かす手が止まらないっ♥　生地はグルテンの少ない薄力粉を使ってるから、しっとりフワフワだね♥　生クリームとの相性は言うまでもないけど、カリカリベーコンのしょっぱさとも絶妙にマッチして病みつきになる……♥　……むにゃ」

パーフェクトゲーム、達成。

眠りの中にいても、優月は優月だった。

「……はっ！」

急に優月が開眼し、あたりをきょろきょろする。

「さっきまで、夢の世界でおいしいごはんを食べてた気がするっ！」

なんという食への執着心。もしアイドルとして大成しなかったとしても、グルメ系タレントとして間違いなくトップに君臨していただろう。

「おはよう、優月。朝メシの支度ができたぞ」

朝食一式が載ったトレイを発見した優月は、途端に目を鋭くした。

「……私は絶対に屈しないわよ！」

「心配するな、とっくに手遅れだ」

☆　☆　☆

結局、優月は和洋両方のプレートを平らげたばかりか、昨日の余り物の天ぷらまでしっかり完食した。こちらとしてはチェックアウトに際して片づけが楽になるから助かるんだけど。

「今夜はどうする？　もう一泊するか？」

訊くまでもない質問だ。優月は静かに首を横に振る。

「今日はちゃんと帰るよ」

「ああ、それが良いと思う」

昨晩に比べたら、優月はだいぶ持ち直した様子だった。

「……でも、やっぱり不安なの。自分の気持ちを正しく伝えられるか。また感情的になっちゃうんじゃないかって。留々さんだって、もう私に愛想を尽かしたかもしれないし……」

それはない。優月は知らないだろうが、衛本さんはマンションを訪れて、ライバルである俺に正面から謝罪してきたのだ。そこで語っていた優月への想いは紛れもなく本物だった。

……それに。

言うつもりはなかったけど、安心材料になるならネタバレしてもいいか。

「優月。昨日の夕食と今日の朝食、一番気に入ったメニューはどれだ？」

突然の質問に優月は一瞬困惑した顔になるが、すぐに答えを口にした。

「……海老天。肉厚でおいしかった」

「そうか。じゃあ大丈夫だ」

「や、全然意味がわかんないんだけど」

「その海老、衛本さんからもらったんだよ」

「……えっ？」

昨日、謝罪にやってきた衛本さんは、実に様々なお詫びの品をくれた。今治産のフェイスタオル、五つ星ホテルのルームサービスでも採用されているドリップコーヒー、洗剤の詰め合わせ、ローションティッシュ、有名洋菓子店のフィナンシェ。

そして大海老。

海老といえばお祝いやおせちなど、めでたい席で使われる食材だ。これが一般企業であれば、お詫びなのにふざけているのかと、かえって取引先の怒りを買うのかもしれない。

だが海老と一緒に添えられた手紙には、こう書かれていた。

『デビュー直前、優月と二人で和食レストランに行った時、天ぷら御膳の海老天を幸せそうに頬張っていた姿が印象的でした。これであの子に海老天を作ってあげてください』


――デビュー直前に行った和食レストラン、おいしかったなぁ。


昨晩、優月が印象的な出来事のひとつとして語っていた、和食レストランでの決起会。それは衛本さんにとっても、忘れられない大切な思い出として記憶に焼き付いているのだ。

「あの人は今でも優月を大切に想ってる。それに喧嘩のひとつやふたつ、当たり前だろ。だって姉妹なんだから」

きっと、真に優月が許せないのは衛本さんではなく、自分自身の弱い心なのだろう。常にみんなの理想でありたいと願い行動する優月だからこそ、人間らしい感情的な部分を見せてしまった自分を責めているのだ。

「優月は衛本さんに言いたいことを言って、やりたいことをやればいい。変に遠慮する必要はないさ」

「でも、また喧嘩になっちゃったら……。そもそも事の発端は、私のお世話を巡ってだし……」

「俺もフォローするからさ。前にも言っただろ？　俺は、佐々木優月の一番の味方だって」

「……うん」

優月は少しだけ口元を緩める。

それでも不安が拭いきれないのか、どこか沈痛な面持ちだ。

「そんな心配するなって。優月らしくもない」

「そうじゃなくて。……仮にだよ。仮に、私と留々さんが仲直りできたら、鈴文はどうなっちゃうの？」

「どうって、何が？」

「だから……私のお世話、やめちゃう？」

わずかに潤んだ瞳が、俺を見つめていた。

まったく、何を言い出すかと思えば。俺も侮られたものだ。

「二人の仲直りは応援するけど、優月のお世話係を譲るつもりは微塵もないぞ？」

俺はバッグから、ラッピングされた長方形の平べったい箱を優月に差し出す。

「……その、プレゼントだ」

自分の頬が熱くなっているのがわかる。羞恥に見舞われて、まともに優月の顔が見られない。

「え、誕生日はまだ先だけど……」

優月(ゆづき)が目をぱちくりとさせる。いきなりこんなものを渡されたら、そりゃ誰だって驚くに決まっている。

「いや、そういう特別なのじゃなくて。俺があげたいからあげるんだ」

誕生日とか記念日とか関係なく、俺がそうしたいだけ。

あるいは、一種の決意表明とも言える。

優月はおずおずとプレゼントを受け取った。

「……開けてもいい？」

俺が頷(うなず)くと、優月は包装紙のテープを丁寧に剥(は)がしていく。やがて中身が露(あら)わになると、目を見張った。

「これって……」

スプーン、フォーク、ナイフはいずれも銀一色で、鮮やかな光沢を放っている。

箸はオーダーメイドの漆塗り。持ち手には名前を彫る代わりに、月のマークを刻印している。

プレゼントの中身は、カトラリーセットだ。

俺は早口で説明する。

「あー、よくよく考えたら、メシ堕ちさせようっていうのにただメシを作るだけじゃ不十分だと思ってさ。ほら、自分専用の食器があれば、毎日のメシがもっと楽しみになるだろ？　優月もアプローチ方法をあれこれ画策しているように、たまには俺も普段とは違った手法で……」

この期に及んで、俺はもっともらしい言い訳を並べていた。優月にはさんざん偉そうに言っておいてこのザマだ。

自分の本心を晒すのは、怖い。

「……いや、今のナシ」

怖くても、伝えないわけにはいかない。伝えたい。知ってほしい。

「俺は優月を誰にも取られたくない。衛本さんにだって。優月には、俺のメシを一番楽しみにしてほしい」

深く息を吸い込み、一呼吸置いて、俺ははっきりと告げる。

「俺は、優月の一番でありたい」

これはもはや告白同然だろうか。だが恋愛的なニュアンスを抜きにしても、俺の台詞は一言一句変わらないだろう。

「……」

優月はカトラリーセットを見下ろしたまま、じっと固まっていた。

少し冷静になって、俺は自分の発言を後悔する。

いくら何でも重すぎたか？　プレゼントを渡しながら愛を表現するなど、ただの厄介オタクではないか。とはいえごまかそうにもとっくに手遅れだ。

「……鈴文」

「は、はい」

「後ろ、向いて」

「え」

「いいから、後ろ」

優月の声色は強張っていた。怒りを抑えているように聞こえなくもない。

言われた通り、俺は体を反転させてキッチンのほうを向く。しばらくして振り返ったら部屋から立ち去ってるとかってオチじゃないよな。あるいは「気持ち悪い！」と背中をドロップキックされたりしないだろうか。とりあえず、何が起きてもその場に崩れ落ちないよう、足裏に重心をかけておく。

結果的に、この行動は正解だったようだ。

突如、背中に強い衝撃が加わる。

蹴りのほうだったか、と身構えた直後、両脇から優月の腕が現れ、俺の腹の前で連結される。

優月に、背後から抱き締められていた。

「鈴文のばーか」

「……またそれかよ」

「馬鹿。ばかばかばか。こんなのもらったら、鈴文の作ったごはん、断れないじゃん」

ぎゅうう、と腕の力が強くなる。優月の温もりが背中に灯り、全身に広がっていく。

「それはメシ堕ちを認めたって認識でいいか？」

「ばか」

頭突きされた。痛い。

ゆっくりと両腕が離れていく。振り返ると、優月が今度はプレゼントを抱き締めていた。

窓から差し込んだ太陽の光が、優月を明るく照らす。

「私もメシ堕ちさせられるなら、相手は鈴文じゃないと嫌だ」

微笑みが、満面の笑みに変わる。

ああ、別に好きと言われたわけでもないのに、嬉しさがこみ上げてくる。きっと俺にとっては、「愛してる」よりも価値のある言葉だ。

「今度こそちゃんと向き合ってみるよ、留々さんと。もしうまくいかなかったら、その時はつきっきりで慰めてよ？」

「任せておけ。腕によりをかけた料理で、激励会を開いてやるよ」

俺たちは視線を交わし、笑い合う。

ROUND. 8 「優月（ゆづき）のお隣さんがあなたで……」

優月を見送り、俺も時間差でホテルをチェックアウトする。

時間帯は昼前。日曜日の昼間となれば、街はどこも賑（にぎ）やかだ。交差点で信号待ちをしていると、人々はスターティングゲートが開くのを待ちわびる競走馬のように、ランプが赤から青に変わる瞬間を待ち望んでいた。これから遊びに出かけるのだろうか、瞳には期待やトキメキが入り混じっている。俺も久々にゲーセンでも行ってみようか。

何気なく、商業ビルの上部に取り付けられている電光モニターに目を移すと、【スポットライツ】の新曲のMVが流れていた。

五人の真ん中に立っているのはもちろん有須（ありす）優月。デビュー曲の『スポットライト』を除き、今回にいたるまでセンターの座を守り続けている。左端では、留々さんが安定感のあるダンスでグループを支えていた。

俺と同じく電光モニターを眺めていた二人組の男が声を上げる。

「あ、【スポットライツ】の新曲、来週配信じゃん！」

「今回の衣装めっちゃ可愛（かわい）くね？　つーか有須優月が可愛い。写真集買おうか最近ガチで迷ってるんだけど」

どちらもスマートなジャケットを羽織り、身に付けている時計やカバンはいずれも高そうだ。外見こそ若々しいが、社会人だろうか。

「そういえば会社の後輩も、写真集買ったって言ってたわ」

「つーかオレ、【スポットライツ】は有須優月以外よく知らないかも」

「おれも。全員可愛いっちゃ可愛いけど、結局センターに目がいっちゃうんだよな」

「こないだのライブ、アーカイブ配信見たんだけどさ。サイリウムはほとんど有須優月のカラーだったもん」

その配信は俺も自宅で視聴していた。五人それぞれのイメージカラーが煌めく中で、過半数は黄色のサイリウムだった。

「あっちの端の子って、名前なんだっけ？」

「えーと、エノモトだかエガシラだか……」

「あー、そんな感じだった気がする。顔は良いけど、ぶっちゃけ地味じゃね？」

「わかる。バラエティでもほとんど喋んないし。居ても気付かないっつーか」

「だよな。存在感なさすぎ！」

信号が青になると同時に、俺は早足で横断歩道を渡る。男たちの声がこれ以上耳に入らないように。

ゲーセンで遊ぶ気分にもなれず、俺は最寄駅に降りた足でスーパーに寄る。カートにカゴを搭載し、次々に食料を放り込んでいく。

味噌とポン酢、そろそろストックが切れそうだったし買い足しておこう。

今日は冷凍食品半額デーか。ミックスベジタブルでも買っておくか。

タイムセールで豚ロースが特売だ。ちょうど欲しかったし、まとめ買い決定。

カゴが満たされていくほどに、イライラが目減りしていくのがわかる。買い物でストレス解消をする人の気持ちが今まで理解できなかったけど、こういう感覚なのかな。紙幣や硬貨に不平不満を宿して、お金ごと手放す感じ。

パンパンに膨らんだビニール袋をぶら下げて、帰途につく。

散財しても、心の底にこびりついたモヤモヤがどうにも拭いきれない。

俺はワイヤレスイヤホンを装着し、とある人物に電話を掛ける。

三コールもしないうちに、明るい声が返ってきた。

『スズ、もっし～！』

電話の相手は莉華(りか)だった。このハイテンションな声は、いつ聞いても安心する。

「いきなりスマン。今、電話平気か？」

『平気だよーん。ってかスズからの電話だったらバイト中でも余裕で出るし』

「そこはホールの仕事に集中しろよ」

電話の向こうから両親の声が聞こえてきた。どうやら『合園奇宴(あいえんきえん)』にいるようだ。今日は昼のオープンからシフトに入るのか。

　まだ開店時間前とはいえ、あまり時間を取るのも悪いので早速本題に移る。

「相談ってほどでもないけど、莉華にちょっと訊きたいことがあってさ」

『え～なになに～？　さすがにスズでもスリーサイズは電話じゃ教えられないけど、大抵のことならズバリ答えちゃうよ～？』

　俺はセクハラオヤジか。ってか対面だったら言うのかよ。

　NG項目はほとんどないようなので、俺はストレートに質問する。

「莉華にとって、俺って何だ？」

『んへぇっ!?』

　あまりに予想外の質問だったのか、莉華はヘンテコな声を上げる。直後、がしゃん！と大きな物音がした。

『……もしか……て、……くはく？　でも、どうし……急に……』

「おい、大丈夫か？」

『だ、大丈夫だいじょうぶ。スマホ落としただけだから……！』

　明らかに狼狽していた。液晶画面にヒビとか入ってなければいいけど。

「で、どうなんだよ」

『……それ、アタシから言わないと駄目……？』

「まあ、そっちから切り出してくれたほうがスムーズというか」

通話口の向こうから、息を飲む音が聞こえた。まるで何かを決心しているかのような。だがしばらくして、『こういうのはもうちょっと段階を踏んでムードを盛り上げてからのほうが……』と独り言らしき小声が届く。

『スズは大事な幼なじみだよ？　アタシはスズのおねーさんとして……』

「そう、それ！」

『……へ？』

「実は、姉の気持ちってやつを知りたくてさ」

『あ、あねのきもち？　突然どうしたの？』

俺はこれまでの経緯をかいつまんで説明した。【スポットライツ】のリーダー・衛本留々が優月のお世話係を名乗り出たこと。彼女が優月の《姉》を自称していること。俺の作った昼食が原因で、二人が喧嘩してしまったこと。

「衛本さんがどうしてあそこまで優月にこだわるのか……俺は、《姉》の心理を理解しきれてないんじゃないかと思うんだ。莉華なら衛本さんの気持ちがわかるかもって」

『なーんだ、つまんないの。アタシはてっきり……』

「てっきり？」

『何でもなーい』

莉華はなぜかムスッとした声色だった。原因は不明だが、あまり深く追及しないほうが良さそうだ。

「……で、何か思うところはあるか？」

莉華が《姉》になった理由のひとつは、俺に恩義を感じているかららしい。

幼い頃に喘息が原因で周囲との軋轢を生じさせていた莉華は、どんなに冷たくあしらっても変わらずに接してくる俺にやがて心を開いてくれた。そして俺に恩返しをするために、いつしか《姉》というポジションを自称するようになった。

長い沈黙の後、莉華が口を開く。

『……正直、理想の姉とか、姉がどうあるべきとかっていうのは、アタシにもよくわからないよ。衛本留々が何を考えているのかも。姉弟や姉妹の形なんて人それぞれだし』

「……そっか。いきなりこんな質問されても困るよな。悪い」

『でもね。アタシはスズにとって、一番に頼れる存在でありたい。それだけは確か』

ワイヤレスイヤホンから聞こえる莉華の声は、自信に満ちていた。

『スズは学校に友達がたくさんいるし、年上のアタシより全然しっかり者だけど。アタシなんかいなくても、うまくやっていけるのかもしれないけど。それでも、アタシはスズが歩む道の先に立っていたい。もしスズが迷子になった時は、真っ先に手を差し伸べたい。そういう理想が、スズのおねーさんでありたいっていう気持ちの根底にあるんだと思う』

年上だからとか先輩だからとかではなく、《姉》とは生き様そのものらしい。

『衛本留々も同じなんじゃないかな。きっと有須優月の道しるべになりたいんだよ』

「それは、アイドルグループの仲間ってだけじゃ果たせないものなのか？」

『だって仲間っていうのは、アイドルでいることが前提でしょ。衛本留々は、仕事に関係なく有須優月とつながっていたいんだよ。家族なら、たとえこの先アイドルじゃなくなる日が来てもずっと一緒にいられる。だって家族ってつながりは一生消えないから』

　つまり莉華も家の距離や学校に関係なく、この先も俺といたいと思ってくれているのだ。

『アタシはスズと、いつまでも変わらない関係でいたい。家族のようなつながりを持てたら、ずっと変わらない関係を築けたら……。それがアタシの幸せ』

　家族でもない限り、いつか別れは訪れる。それぞれの道を歩む日が必ずやってくるのだ。それをわかったうえで、莉華が俺を大切に想ってくれていることが嬉しかった。きっと衛本さんも、優月に対して同じような気持ちを抱いているのだろう。

「……俺が気付いてないところで、色々考えてくれてたんだな」

『そうだよー。だってアタシ、スズのおねーさんだからっ！』

　きっと電話の向こうで莉華は、可憐なウインクをかましているのだろう。ただし、両目を閉じて結局ただの瞬きになってしまっているやつ。

　電話の奥で、父さんが莉華を呼んでいる。間もなく開店時間だ。

『ごめん、そろそろ行かなきゃ』

「ああ、助かったよ。ありがとう」

俺は電話を切ろうとする莉華(りか)に、言葉をかける。

「これからも頼りにしてるからな、莉華おねーさん」

『〰〰っ、任せてっ！』

イヤホンから届いた明るい声が、俺の耳を撫(な)でる。

今度こそ「終話」ボタンをタップし、俺は呟(つぶや)く。

「姉がいるって、幸せなことなんだな」

☆　☆　☆

マンションに戻った俺はポストのチラシを回収し、エレベーターに乗る。昇降機内の液晶画面に表示されている週間天気予報をぼうっと眺め、八階で降りた。左に曲がり、共用廊下の奥までひたすら歩いていく。

「……えっ？」

思わず声が出た。

８１０号室の前に、三角座りをしている人物を発見する。ワンピース姿の女性はこちらに気付いていないらしく、身動きひとつない。

「……あの」

女性が顔を上げる。いつもならキリッとしている目元には、ずいぶん疲労が蓄積している。横に置いた大きめのトートバッグはハリを失い、廊下でくたびれていた。

「……真守さん」

衛本さんの声には活力がまるで感じられなかった。ルーズサイドテールの艶は衰え、翡翠色の瞳は輝きを失い、頬にはうっすら涙の跡も残っている。

「今日もいらしてたんですか。……もしかして、朝からずっとここに？」

「数時間待機なんて、現場では日常茶飯事ですから」

か細い返事とともに寂しげな笑みを浮かべた衛本さんは、まるで余命いくばくもない病人のようだった。

「優月と連絡が取れない以上、ここで待つしかないと思いまして」

今の衛本さんは冷静さを欠いている。きっと睡眠も食事もろくに取っておらず、頭がうまく回っていないのだろう。

「優月ならもう仕事に出かけましたよ。少なくとも夜まで帰ってきませんし、ここで待っていても……」

「そうですか。ではあと半日の辛抱ですね……」

「いやいやいや！　こんなところにずっと座ってたら体壊しますって！」

「問題ありません。忙しい優月（ゆづき）と違って、わたしはしばらくオフなので」

何が問題ない、だ。自分の体調を蔑（ないがし）ろにしておいて、優月の面倒を見るなどお世話係の風上にも置けない。

ここまで来るとシスコンというよりただの自己犠牲だ。こんなボロボロの状態で優月に会ったところで、仲直りどころか不安を与えるだけだろう。

「どうかお気になさらず。わたしが勝手にやっていることですから」

衛本（えもと）さんは無理やり口角を上げ、弱々しく笑う。

「……わかりました」

そこまで言うのなら、余計な口を挟むつもりはない。俺は８０９号室の扉を開け、手を塞いでいた買い物袋を置く。そして空いた手で、華奢（きゃしゃ）な腕を引っ張り上げる。

「……え、ま、真守（まもり）さんっ？」

油断していた衛本さんが、間の抜けた声を上げる。

そっちが勝手にするなら、こっちも勝手にするまでだ。

「さっさと上がってください。お茶くらい出しますから」

俺がローテーブルにマグカップの緑茶を置くと同時に、衛本さんは両手で包んで一気に飲み干してしまう。よほど喉が渇いていたのだろう。もしや朝から飲まず食わずだったのだろうか。

俺がおかわりを注いでいると、翡翠色の瞳が気まずそうに逃げ道を探す。

「優月は……元気でしたか」

「元気になりましたよ」

正直に答えると、衛本さんは「そうですか」とだけ呟いた。俺と優月が一緒にいたことをどうして知っているのだろうと疑問に思ったが、二人とも部屋を空けていたとなればその考えに行き着くのは自然か。

しばらくの間、沈黙が流れる。

「……前々から気になっていたのですが、真守さんは優月が好きなんですか？」

「ええ、好きですよ。異性として」

この際だし、はっきり口にしておくことにした。わざわざ否定する理由もないし。

「……もし、優月が俺と付き合うってなったら反対しますか？」

「可愛い妹に彼氏ができるなんて想像もしたくありません。絶っ対に嫌ですね」

清々しいくらいにきっぱりとした回答だった。

「絶っっ対に嫌ですけど……否定はしません。優月が望むなら」

二杯目のお茶に口を付け、衛本さんが息を吐く。

「てっきり、どんな手を使ってでも阻止するのかと」

「どうせわたしはあれこれ文句を垂れるのでしょうけど、最終的には受け入れるのだと思います。優月の恋人を否定するということは、その人を想い慕う優月の気持ちを否定することと同義ですから」

衛本さんは複雑な表情をしていた。相手が俺に限らず、優月に彼氏ができるなんて寂しすぎて、想像もしたくないのだろう。

「真守さん、もうひとつ質問させてください。あなたが優月にごはんを作ろうとするのは、優月とお近づきになりたいという下心によるものでしょうか？」

翡翠色の双眸が、俺をまっすぐに捉えていた。

「俺は、俺の作ったメシで、優月に幸せになってもらいたい。それだけです」

「……そうですか」

追撃してくる気配はない。納得した……のだろうか。肩すかしではないけど、なんだか意外だった。だから俺はつい、質問を重ねてしまう。

「……たまたま部屋が隣り合っただけで、毎日甲斐甲斐しくメシを用意するなんて、行き過ぎた行為でしょうか」

「ええ。赤の他人が優月のお世話をしようなど非常識甚だしいです」

言葉だけ拾えば刺々しいが、以前のようなライバル心は感じない。今なら単に物言いがストレートなだけなのだろうと受け止められる。

ただ、一点だけ否定しておかなければならない。

「俺と優月は、赤の他人なんかじゃありません」

衛本さんは、切れ長の瞳をわずかに鋭くした。

「友達、ですか？　それとも学校の先輩・後輩でしょうか」

「お隣さんですよ」

あまりに俺が堂々としているから、さすがに衛本さんも面食らっている。

「結局、他人であることに変わりないじゃないですか。どうしてそこまで自信満々でいられるのですか？　お隣さんなんて、どちらかが引っ越したら切れてしまうような関係……」

「傍(はた)から見ればそうかもしれません。でも俺にとっては、アイドルとファンにも負けないくらい、かけがえのない大事な関係なんです。それこそ姉妹のように」

優月と出会って約三か月。意見の対立もあった。すれ違いもあった。離ればなれになりそうな時期もあった。

でも、俺たちは今もお隣さんのままでいる。

それこそが、何よりのつながりの証(あかし)なのだ。

「衛本さんはどうなんですか？　優月を大切に想っているのはわかります。俺と同じように、つながりの形にこだわる理由があるんじゃないですか？」

俺と衛本さんじゃ、優月との出会い方から付き合い方まで何もかもが異なる。直接訊いてみないことには、衛本さんの本心は不透明なままだ。

「……優月は、素晴らしいアイドルです」

「へ？　そ、そうですね」

淀みないまっすぐな賞賛に、思わずたじろぐ。

「歌、ダンス、ルックス、演技、トーク、コミュニケーション……。どれを取っても優月は一流と呼んで差し支えないでしょう。あの子なら遠くないうちにアイドル界の覇権を握り、時代を代表するアイドルになれると、わたしは確信しています」

話の方向性が見えず、俺は首をかしげる。未来のアイドルクイーンの邪魔をするなと言いたいのだろうか？

「努力を怠らず、人一倍熱心で、誰よりもアイドルを愛している。そんな優月が多方面で活躍していることを、わたしは心から誇らしく思います。……でも」

マグカップを包み込む衛本さんの両手は、震えていた。

「でも、誇らしいのと同じくらい、あの子が羨ましかった。努力が結果に反映されて、周囲から正当に評価されて、スターダムにのし上がっていく優月を、底から見上げることしかできないのが悔しかった。彼女が活躍すればするほど、自分の至らなさを突きつけられるようで」

デビュー曲で、優月と衛本さんはセンターから最も遠い場所にいた。それが二曲目で優月は一躍センターとなり、衛本さんは今もなお端っこのまま。

グループが世間の注目を集めるようになってから、優月は歌番組以外にも活躍の場を広げ、個人の仕事も増えていった。休日なんて年間で数えるほどしかないくらい、日夜アイドル活動に追われている。

一方の衛本さんは、日曜日の昼間に一般市民である俺の部屋で緑茶をすするくらいには時間の余裕がある。これほどの格の違いを見せつけられて、心穏やかなわけがない。

「あるいはいつからか、わたしは優月の光に当てられてしまったのかもしれません。自分が輝けないもどかしさを、あの子のお世話係というポジションに就くことで紛らわそうとしていた。……だから、あなたに嫉妬したんです」

「嫉妬……」

衛本さんを突き動かしていたものの正体は、嫉み(そね)だった。

「人気アイドルである優月の《姉》でいられることが、わたしの心の支えだった。あの子の面倒を見ることが、グループにおけるわたしの役割なんだと思い込むことで、この三年間、自分の居場所を確立してきたつもりだった。……でもこの春から、少しずつあの子の様子が変わっていった」

この春に起きた異変。それはおそらく、隣人の出現だ。

「優月(ゆづき)の態度や表情が、目に見えて柔らかくなったんです。以前は誰よりも早く楽屋で準備して、本番直前まで黙々と練習を繰り返していました。でも高校生になってからは日を重ねるごとに緊張と緩和のバランスが取れていって、笑顔も増えました。グループ全体の士気も上がって、最初はわたしも素直に喜んでいたんです」

「最初は？」

「五月に行われたライブの後から、優月は極端すぎるほどに自分を追い込むようになりました。まるで自分に罰を課すかのように」

あの頃、ライブで振り付けのミスを犯した優月は俺のもとを去り、完璧なアイドルに戻ろうとしていた。衛本(えもと)さんも異変に気付いていたらしい。

「優月、表面上はいつも通りを装っていましたけど、ファンミの直前なんてまるで死地に赴くかのような顔色の悪さでしたよ」

ふっ、と衛本さんが薄笑いを浮かべる。その正体は自嘲か、悔恨か。

「わたしはリーダーとして、それ以上に《姉》として、優月の力になるべくリハーサルの休憩時間に声をかけました。でもあの子は……」

——ねえ優月。少し休んだほうがいいよ。

——ありがとうございます。あと一回だけ確認したら休憩入るので。

「あの子の瞳に、わたしはまるで映っていませんでした。『あと一回だけ』と言えばわたしが引き下がることを理解したうえで、あえて口にしたんです」

突き放すためのその一言は、どれほど衛本さんの心を抉ったのだろう。

「あの子の世界にわたしは存在しない。それはわたしにとって、これまでの三年間を失うことに等しかった。……なのに、わたしは踏み込めなかった。これ以上優月に遠ざけられるのが怖かったんです。『優月がそう望むなら』って何度も自分に言い聞かせて、その日は解散しました」

その気持ちはわかる。俺だってあの時、一度は完全に心が折れてしまった。莉華の後押しがあったからこそ、再び優月におせっかいを焼こうと思えたのだ。

「翌日、優月は完全復活を遂げていました。あの晩に何があったのか詳しくは知りません。ただ引っ越しを中止したのもその頃でしたから、きっとあなたが何かしたのでしょう？」

「……ええ、まあ」

「真守さんが優月のために奔走する中、わたしは何も力になれなかった。さんざん《姉》を自称しておきながら、ただの役立たずでした。これまであなたに厳しい態度を取ってきたのも、単に優月を取られたくなかっただけって今ならわかります。あの子の行動を縛り付けて、あの子が大切にしているものを粗末に扱って。わたしはとんだ毒姉ですね」

衛本さんはマグカップを空にして、立ち上がる。

「帰ります。お茶、ごちそうさまでした」

「……これからどうするんですか」

「何も変わりませんよ。優月がアイドルとしてさらなる高みを目指せるよう、そばで支え続けるだけです。たとえ優月に慕われてなかろうと。それがわたしにできるせめてもの償いであり、わたしなりの愛です」

「それじゃあ……衛本さんが抱えている気持ちはどうなるんですか」

自分の本心に気付いていながら見て見ぬフリをするなんて、あまりに虚しすぎる。

「今までの三年間だってそうしてきたんです。何も問題ありませんよ」

あまりにか細く、弱々しい笑みだった。自分の心に嘘をついて、無理をしているのが見え見えだ。

「安心してください。もうあなたの前に現れることもないでしょう。優月の身の回りのお世話係は引退して、あなたにお譲りしますから」

——これからは、わたしが優月のお世話係になりますっ！

ふざけるな。あれだけ啖呵を切っておきながら、こんな幕切れを迎えようというのか。

俺は、リビングから逃げようとする衛本さんの腕を取る。

「……真守さん、放してください」

まったく。アイドルという生き物は、カメラがないところだと本音を隠すのが下手すぎる。辛い状況を無視したって、必ず限界はやってくるというのに。

「嫌です。あなたが洟をすすりながら出ていくところを誰かに見られたら、変な噂が流れちゃうじゃないですか。こちとらこのマンションに住み始めてまだ三か月なんですよ」

もちろんこれはただの口実だ。一時的にでも引き留めるための方便。

俺は腰を上げ、キッチンに向かう。

「腹減ってないですか？　軽く何か作りますよ」

辛い時こそ、メシで小休止しよう。

人は食事をするだけで、不思議と気持ちが軽くなる生き物なのだ。

☆　☆　☆

俺が用意したのは、生姜と麩の味噌汁だった。生姜で体を内側から温めつつ、食べやすい麩でお手軽に満足感を得られる。心も体もほっとする汁物で、どうか少しでも元気になってほしい。

衛本さんはお椀を両手で持ち上げ、静かにすする。

「……あったかい」

一息ついて、少し落ち着いたようだ。

「レンチンの白米と漬物くらいならすぐに用意できますけど、食べますか？」

「いえ、そこまではさすがに。……それに、ごはんならわたしも持ってますし」

衛本さんがカバンからランチバッグを取り出す。ところが、テーブルに置いてからひたすら凝視するだけで、一向に中身を取り出す気配がない。

「あの、食べないんですか？」

「……やっぱり止めておきます」

この弁当に手を付けたくない理由はおそらく、自分用ではないからだ。きっと優月に食べさせるつもりだったのだろう。ランチバッグの側面には保冷剤の形が浮き出ている。とはいえ優月が帰ってくる頃には衛生面に懸念がある。

「……よかったら、俺にくれませんか？」

「へっ？」

「実はずっと腹が減ってて。てかぶっちゃけ、俺一人だけ食べるのも気が引けるから、衛本さんに食事を促して自分も……って魂胆だったんですけどね」

この際、理由は何でもいい。せっかくの手作り弁当がゴミ箱行きになるのを防げるなら。衛本さんも俺のいい加減なコメントに疑わしげな目を向けたが、根気強く待っていると、やがて弁当を差し出してくれた。

「……一宿一飯のお礼です」

無理にでも口実を作ろうとするのはお互い様らしい。

俺はランチバッグから楕円形(だえんけい)の弁当箱を取り出し、蓋を開ける。

「おお……」

ラインナップは雑穀米、スパニッシュオムレツ、ひよこ豆と紫キャベツのコールスロー、鶏肉(とりにく)の照り焼き。まるでオフィス街のランチプレートのようだ。

「自然動物公園での弁当もですけど、彩りが豊かですね」

「……食事は目でも楽しむものですから」

照れくさそうに、衛本さんは指先で頬(ほお)を掻(か)く。

まずはスパニッシュオムレツから。付属の箸で一口大に切り分けて、ぱくり。

「うわ、すっごくフワッとしてる……。なるほど、牛乳を多めに入れてるんですね。ジャガイモもメークインだからこんなに舌触りが滑らかなのか……」

「……わかりますか」

ほんの少し、声が弾んでいた。これは衛本(えもと)さんがちょろいのではなく、料理人は自身のこだわりに気付いてもらえると、すぐに気を許す性質(たち)なのだ。

「おっ、コールスローはしっかり水気が切ってあって、シャキシャキとした歯触りが気持ちいい。ひよこ豆の素朴な味わいも安心する」

「キャベツは塩水に漬けているから、ムラなく水分が抜けているでしょう。よりシャキシャキ感を出すために、葉脈に沿って細切りしています」

「レモン果汁とパセリの風味がアクセントになって、薄味でも満足感があるなぁ。この甘さは砂糖じゃないよな……もしかして、すし酢ですか？」

「大正解です！　そこに気付くとは鋭いですね！」

テンションが上がった衛本さんの瞳は、すっかり生気を取り戻していた。

「鶏肉(とりにく)の照り焼きもうまい。薄く叩(たた)いたムネを大葉と一緒に巻いて、照り焼きソースで炒(いた)めたんですね。タレのこってり感と大葉の爽やかさのバランスが絶妙だな。口の中がちょっと甘くなってきたところで、雑穀米がリセットしてくれる」

「ふふん、そうでしょう。味のバリエーション、口当たり、ボリューム、すべてを計算して作ってますから！　真守(まもり)さんのように肉・油・白米のゴリ押しなんてしませんよ！」

衛本さんの自尊心は完全回復したようだ。この切り替えの早さはぜひとも見習いたいものだ。

「……本当に、衛本さんの愛情が伝わってきました」

俺は、ゴマ擦りでもご機嫌取りでもない、正直な感想を述べる。

「この弁当って、前回の反省を活かしたんでしょう？」

俺が問いかけると、衛本さんは口ごもった。

自然動物公園では意図的に避けていたと思しき肉が、今回は堂々と使われている。しかも牛カルビ弁当で喜んでいた優月のために、照り焼きという濃い味付けにして。

「正直、先日の弁当も俺好みでしたよ。食べやすさに配慮するって視点はさすがアイドルって感じででしたし」

「……急に褒めてきますね。もしかしてわたしにも粉かけようとしてます？」

「だからあれは誤解ですって……」

「冗談ですよ」

衛本さんは唇に指を当てて、いたずらっぽく笑う。

「あなたの牛カルビ弁当も……まぁ、悪くはありませんでしたよ。むやみやたらに牛肉を盛り付けるのではなくて、ライスと同時になくなるよう量を調節していたと見受けられました。口直しのかっぱ漬けを別添えにしていたのも高ポイントです。同じ容器だと加熱時に漬物まで温まって、食感が損なわれてしまいますからね」

「めっちゃ見てるじゃないですか」

「……っ、対戦相手を分析するのも勝つためには必要ですから！」

彼女なりの賛辞も含まれていたのだろう、耳がほのかに赤くなっている。

「そ、そもそも、あんなハイカロリーなメニューを優月に食べさせるのは、やっぱりどうかと思います！」

衛本さんは俺を指差し、途端に強い口調になる。

俺はフンッと鼻を鳴らし、威圧的に腕を組む。

「でも、優月はちゃんと喜んでましたよ？」

「そういう問題ではないんですよ！　加熱式の弁当箱なんて人目につきやすい道具まで使って！　それに焼肉のタレが服に飛んだりでもしたらどうするつもりだったんですか！優月への配慮が足りません！」

「もちろんシミ抜き道具一式は持参してましたよ？　加熱式の弁当箱だって、温めるだけなら俺が一人でやってから優月に渡せば済む話ですし。あなたがすべきは俺への口撃ではなく、ご自身の未熟さを自覚することではないですか？」

俺が偽悪的に笑いかけると、衛本さんは歯を食いしばった。両手を握り、膝の上でふたつの拳を震わせている。

「三年間も一緒にいて、優月の好みを知らないわけじゃないでしょう？　それとも衛本さんと優月はビジネス姉妹だったんですか？　いわゆる百合営業ってやつですかね？」

「そ、そんなわけないでしょう！　わたしは優月のことなら何だって知っています！　あなたよりもずっと！」

「その割に、自然動物公園では俺の圧勝でしたよね。覚えてます？　優月のトロけた表情」

俺は腕を組み直し、勝ち誇った表情を浮かべる。

「あれを引き出すくらい、わたしだって楽勝です！　優月の端整な顔をトロトロのぐちゃぐちゃに変えるなど、造作もありません！」

衛本さんも、負けじと顔に笑みを張り付ける。

「言うだけなら簡単ですけど、行動が伴わなければ所詮は負け犬の遠吠えですから」

「〰〰っ、わたしはまだ負けてませんから！」

味噌汁を完飲し、衛本さんは目つきを鋭くする。

「やはりあなたに優月を任せてはおけません！　真守さん、わたしともう一度勝負してくださいっ！」

「望むところです。次は確実に引導を渡して差し上げますよ！」

俺と衛本さんは視線で激しく切り結ぶ。

部屋が静かになり、呼吸音だけが響く。

「……すみません。真守さんには、下手な悪役を演じさせてしまいましたね」

冷静さを取り戻した衛本さんが、自嘲気味に呟く。

　結構頑張ったつもりだったが、やはり俺に演技の才能はないらしい。ならばさっさと薄っぺらい仮面を剥がすとしよう。

「……衛本さんのように、たった一人のためにここまで手の込んだ弁当を作れる人なんて、なかなかいませんよ。気持ちはちゃんと優月に届いています。アイツだって、あなたに感謝しているし、今も仲直りしたいと思っている」

「……優月が？　冗談は止めてください」

「《姉》がそんな弱気でいいんですか？」

「弱気にもなりますよ。姉妹なんて形のない絆にすがったからこそ、わたしはここまで道を見誤ったんですもの」

　特別だから、誰にも渡したくない。

　特別だから、本心をさらけ出せる。

　特別だから、向かい合うのが怖い。

　衛本さんも、優月も、互いを特別に思っている。

　なのにいつからかすれ違って、噛み合わなくなって、話がこじれてしまった。

「形がないからこそ、何度でもやり直せるんじゃないですか。絆という名の紐はこんがらがっただけで、途切れたわけじゃありません。だったら解けばいいだけの話ですよ」

　きっと優月を想う気持ちに、俺と衛本さんで差異はない。立場や出会った順番が違っただけで。

「……あなたが羨ましい」

　淡々と、衛本さんが心の奥を打ち明ける。

「背徳的なごはんを作って、優月に抵抗されて、ぶつかり合って、それでも確かな信頼関係を築いて。……わたしに必要だったのは、真守さんのように正面から向き合う勇気だったのかもしれませんね」

　ずっと俯いていた衛本さんが、顔を上げる。

　その瞳に、もう迷いはない。

「真守さん、改めてお願いします。もう一度、わたしと勝負してください」

「喜んで。ただし、手加減はしませんよ？」

「それはこちらの台詞です。あなたの戦い方はよーくわかりましたから。肉と米のゴリ押し戦法がいつまでも通用すると思ったら大間違いです！」

「衛本さんこそ、おからなんて出した瞬間に負け確ですからね！」

　俺たちの心の中に、ファイナルラウンドを告げるゴングの音が鳴り響く。

　消えかけた衛本さんの闘志を、大きくたぎらせていく。

「決着をつけましょう。わたしと真守さん、どちらが優月のお世話係にふさわしいか！

わたしは全身全霊を捧げて、今度こそあなたを倒してみせます！」

衛本さんが手を差し出す。しがらみを捨て去り不敵に笑う姿は、惚れ惚れしそうなほどにカッコいい。

「こちらこそ出し惜しみはしません。俺が『おせっかい』と言われる所以を、知らしめて差し上げますよ。楽しみにしていてください！」

握り返すと、迸る情熱が俺の手を熱くする。俺の闘魂を激しく燃やす。

衛本留々。【スポットライツ】のリーダーで、優月の《姉》。敵に不足なしだ。

俺たちは笑顔のまま見つめ合う。

やがて衛本さんは手を放し、今度こそリビングを去っていった。

扉を閉める直前、かすかな呟きが聞こえた。

「……優月のお隣さんがあなたで、良かった」

俺はもうその後ろ姿を引き留めない。同情もしない。慰めたりもしない。

だって衛本さんは、俺の最高のライバルだから。

ROUND. 9　「一緒に食べよ♥」

わたしと佐々木優月が初めて顔を合わせたのは、事務所の会議室だった。

当時の優月はまだ十二歳、中学校に入学すらしていなかった。アイドルになるために、新潟から父親と一緒に上京してきたという。

確かに顔は抜群に可愛いし、これから垢抜けそうな雰囲気もあるけれど、スター特有のオーラみたいなものは感じない。正直なところ、この子が大成するとは思えなかった。

彼女とわたしを含め、事務所に所属する五人でアイドルグループを結成することになった。その中で優月は唯一のスカウト組だった。

今だから言えるけど、当時のわたしはあまり友好的な態度ではなかったと思う。だって面白くないから。わたしは何社もオーディションを受けて、やっとの思いで事務所に所属できたのに。たまたまスカウトの目に留まったからっていきなり同じ舞台に上がれるなんて、まるでチートだ。地道に活動を続けてきた自分が否定されたような気分だった。

顔合わせは当たり障りないものだった。名前、年齢、出身地、好きなアイドル、何か一言。まるで学校のクラス替えだ。

自己紹介を済ませ、早速わたしたちはデビューに向けてレッスンを受けることになった。

この段階でようやく、わたしは自分を恥じることになる。

優月は歌もダンスも、五人の中で群を抜いていた。飲み込みが早く、集中力も高い。センスもある。一人だけアイドルとしてすでに完成されているように思えた。

訊けば、幼い頃からアイドルのDVDを、実家で毎日のように夜中まで齧りついて見ていたという。繰り返し再生しては振り付けを覚え、両親に披露するのがルーティーンになっていたとか。

どうりで動きがサマになっているわけだ。練習中、彼女の瞳孔は常に限界まで開いており、見たものすべてを取り込まんとする勢いがあった。

わたしは日々の練習についていくのがやっとなのに、優月はその二歩も三歩も先を進んでいた。アイドル好きとかオタクとかって範疇を超えて、トップアイドルになるという神からの命題を果たそうとしているようにすら見えた。

レコーディングが終了し、いよいよデビュー曲の配置やパート割りの発表となった。わたしの所感では、優月のセンター抜擢は間違いないだろうと思った。「グループ最年少でセンター」なんて、キャッチーで売りやすそうだし。

だが結果は違った。優月はむしろ、センターから最も遠い場所の配置となった。優月は結果に納得がいかなかったようで、プロデューサーに直談判をしていた。ほかのメンバーは、冷めた目でその様子を遠巻きに見物していた。

数十分後、優月はスタジオで一人、うずくまっていた。

デビュー曲のポジション決めと同時に、わたしはリーダーに任命された。長として最初の仕事は、後輩のメンタルケアのようだ。

「優月、大丈夫？」

「……衛本先輩」

目はウサギのように真っ赤になっていた。こんなにも悔しさを感じられるのは、全力を出した証だ。

プロデューサーとどのようなやり取りがあったのかを訊くと、優月は滔々とまくし立てた。よほど悔しかったらしく、十分以上にわたってノンストップで喋り続けた。きっと今のわたしに求められているのは共感だ。

安っぽい言葉で慰めるべきか、あえて厳しくするべきか。迷ったあげく、わたしは後者を選んだ。

「優月は欲しがりなんだね」

自分がどれほど恵まれた立場にいるのかを、優月は理解していない。それに対し、わたしは無性に腹が立った。たった一度の敗北で、一丁前に悔しがるな。わたしが、わたしたちが、あなたと同じラインに立つまでに一体どれほどの苦労をしてきたと思っている。

皮肉と受け取られるだろうか。嫌われるだろうか。三歳も下の子を相手に、なにを試すような真似をしているのだろうとすぐに後悔した。

だが次の一言で、わたしは優月と格の違いを見せつけられる。

「……ありがとうございます。目が覚めました」

この瞬間、彼女は自分の甘さと決別したように見えた。わずか十二歳の少女が、己の未熟さを真正面から受け止めたのだ。その後、動画・音源をもとにわたしが客観的な意見や改善点を伝えた際も、優月は真剣に耳を傾けてくれた。

わたしと優月は端っこ同士でも、決して同じではなかった。デビューを前にして、決定的な差があった。

この瞬間に確信した。

わたしは一生、この子には勝てない。

たかが数か月の付き合いで、と人は言うかもしれない。でもわかってしまったのだから仕方がない。理屈ではなく、本能で悟ったのだ。

だからわたしは優月を利用することにした。

——今日からわたしは優月の《姉》になる。それなら気兼ねなく頼れるでしょ？

遠くないうちに、優月は必ずセンターの座を射止めるだろう。ならば下積み時代にこそ恩を売っておくべきだと考えた。

優月には様々なことを教えた。業界のルール、他事務所のタレントとの付き合い方、ビジネスマナー、敬語、SNSの活用方法、果ては交通系ICカードの使い方まで。

優月の自主練には欠かさず付き合った。誰よりもストイックなあの子と同じメニューをこなせば、自ずとわたしもレベルアップできるはずだと思った。事実、一人で鏡の前で練習するより何倍もの成長を感じられた。

リーダーという立場が、優月との付き合いをより自然なものにしてくれる。打算的と罵られようと、これがわたしの戦い方だ。

しかし、わたしの目論見は早々に外れることになる。

端的に言えば、絆されてしまったのだ。

優月は誰よりストイックだ。暇つぶしのゲームですら、勝つまで何度も挑んでくる。

優月は喉のケアを怠らない。水分をこまめに摂って、携帯加湿器を持ち歩いて、首周りのストレッチで喉の筋肉をほぐして。わたしにもストレッチの方法を教えてくれた。

優月は意外とおっちょこちょいだ。カバンからリップクリームと間違えてスティックのりを取り出した時は、涙が出るくらい笑った。

優月は気遣いができる。わたしが体調不良を隠してレッスンに参加すると、休憩中はずっと背中をさすってくれたり、手を握ってくれたりする。

優月は感情表現が豊かだ。わたしへのアンチコメントに誰より憤って、応援コメントはわたし以上に喜んでくれる。

わたしを、わたし以上に好きでいてくれる、わたしの可愛い《妹》。

わたしも、優月を誰よりも好きでいたい。

わたしは、優月の一番でありたい。

優月がセンターに抜擢されてからも、わたしは変わらず左端だった。悔しさもあったけど、間近で彼女を見続けてきたわたしからすれば当然の結果だと思った。それどころか、《妹》を脇で支えられる自分に、誇らしさすら感じた。

「ねえ、優月」

ある日の練習終わり。スタジオを退出する際、わたしはいつものように優月を呼ぶ。

「衛本先輩、どうしたの?」

優月もいつものようにわたしを呼ぶ。

「その『衛本先輩』って呼び方、そろそろ止めない? なんだか堅苦しいわ」

「でも、衛本先輩は年上で先輩でグループのリーダーだし、ちゃんと敬わないと……」

「そんなこと言って、どうせ今さら呼び方を変えるのが恥ずかしいだけでしょ」

「うっ」

カメラの前ではいつも完璧な優月だけど、プライベートでは本心が表に出やすいのを、わたしはよく知っている。

「いーい？　誰彼構わず一律で敬えばいいってものじゃないの。アイドルたるもの、親しみやすさも大事なのよ？　特に呼び方なんて、親密度の象徴みたいなものなんだから。練習だと思って、はい！」

「……衛本さん？」

「《姉》を名字呼びはおかしいでしょ。恥ずかしがらずに、もう一回！」

優月はしばらく口ごもった後、顔を赤くして言った。

「……る、留々(るる)さん」

姉妹なら敬称は要らないけど、照れてる優月の可愛さに免じてひとまずＯＫとするか。

いつか、気軽に「留々」と呼んでくれることを願って。

この日、ようやくわたしたちは姉妹になれた気がした。

☆　☆　☆

衛本さんとの約束から二日後の夜。

809号室の玄関のドアを開けると、Tシャツにショートパンツという見慣れた格好の優月がいた。その強張った表情は、緊張とも異なる。

優月は扉の前で、呪詛のようにブツブツと呟いていた。

「私は勝つ未熟な自分に勝つ絶対に勝つ倒すねじ伏せるぶっ飛ばす食い破る……」

「よ、よう。衛本さんもついさっき来たばかりだぞ」

「意地を張らない素直になる相手の目を見る感謝するハグの温もりを思い出す……」

「あのー、優月さーん……」

「留々さんと仲直りするるるるさんとなかなおりするるるるさんとるるさんとるるるる……」

これから始まる世紀の一戦に向け精神を集中させているのか、俺の言葉はまったく耳に入っていないようだった。成功者はイメージトレーニングも欠かさないというが、ライブ直前もこんな感じなのだろうか。

ドアの前で微動だにしないので俺が手を差し出すと、握り返す感触があった。まだ意識はあるようだ。

靴を脱いだ優月が、廊下の先を見据える。

この先にあるのは、リビングではなくリングだ。覚悟を決めた者のみが立つことを許された、聖なる場所。

優月は深呼吸を繰り返した後、カッと勢いよく目を見開く。逃げずに向き合うことを決意した者の瞳は、こんなにも美しい。

一歩、また一歩と進んでいくたびに、床を踏みしめる力は強く、たくましくなる。

廊下には俺たち以外誰もいないはずなのに、リングに向かう優月への声援が聞こえてくるようだ。

俺は優月の代わりに、リビングと廊下をつなぐ扉のノブに手をかける。さながらプロレスのリングでロープを持ち上げ、選手の入場をサポートするスタッフのごとく。

ローテーブル前のクッションでは、先に到着した人物が瞑想にふけっていた。

ブラウスにロングスカートの衛本さんが、静かに瞼を開く。キリッとした目元は普段以上に鋭さを増し、もはや視線だけで居合い斬りができそうだ。来たる決戦に備え、闘気を練り上げていたのだろうか。

今回のマッチメイクを務めたのは、もちろん俺である。

役者は出揃った。俺は二人の間に立ち、進行役を担う。

「これより衛本留々・真守鈴文によるお世話バトルを開催します」

三者三様、それぞれの想いを抱いてこの場に臨んでいる。張りつめた緊張感が、決戦の壮大さを物語っている。

「勝負は一ラウンド制で、時間無制限。料理のテーマは前回と同じく、『優月が喜ぶごはん』。食材や予算は自由。両者の料理を食べた後に、優月に判定してもらいます。負けたほうは、お世話係から身を引くこと。いいですね？」

衛本さんに問いかけると、不敵な笑みを返してくる。

泣いても笑っても今日が最後の勝負。試合会場がマンションなら、前回のように横槍が入る心配もない。

「では、わたしから行かせてもらいます」

先攻は衛本留々。俺と優月はクッションに座り、調理の様子を見守る。

「今日のメイン食材はこちらです！」

ビニール袋から取り出したのは、豚の肩ロース。前回のようにおからではなく、正真正銘の肉だ。着席してからずっと堅苦しい表情をしていた優月の眉がぴくりと反応する。

「今日の勝負にあたり、直近三か月の優月の食生活を、カテゴリー別に分類しました」

衛本さんの口からサラッと衝撃発言が飛び出した。いつの間にか手元には、分厚い紙の束が握られている。

「わたしがメニューを把握している全２２６回の食事のうち、最多で登場した食材がお肉の１０８回。二位のお魚が55回ですから、倍近くの差があります。勝利のためにお肉を選択すべきなのは疑いの余地もないでしょう。現時点で優月が喜ぶ確率は、推定90%といったところでしょうか」

仕事でしょっちゅう一緒にいるとはいえ、まさか自分の食事を記録されているとは思ってもいなかっただろう。優月は口をぽかんとさせている。

「さて、ここで真守(まもり)さんに問題です。【4．2センチ×1．7センチ】。この数字が何を指すか、おわかりですか？」

「いや、さっぱり」

「優月の口のサイズですよ」

わかるわけないだろ。むしろどうやって調べた。

衛本さんは覚醒していた。いや、覚醒といえば聞こえはいいが、ここまで来るともはや優月マニアだ。俺に勝つべく、優月に関する知識をフル活用している。

「お口の幅に合うよう豚ロースを角切りにカットし、塩コショウで下味を付けます。耐熱皿に移したら電子レンジで加熱。香りづけに、ごま油も数滴。ちなみに優月の実家では豚汁の隠し味にごま油を入れるそうです。においで過去の記憶を思い出す『プルースト効果』で、エモさポイントも稼いでいきます。優月が喜ぶ確率、94%」

数分後、衛本さんがレンジを開けると同時に豚肉とごま油の芳醇(ほうじゅん)な香りがリビングに漂ってくる。優月の頬(ほお)は、ほんのり緩んでいた。

「続いてシメジ、エリンギ、エノキを一口サイズに切り、耐熱皿に残った脂で炒めます。味付けは醤油、酒、みりん、砂糖。片栗粉を振って、とろみもつけましょう。わたしのデータによると、今月に優月があんかけ料理を食べたのは5回。四月と五月が１～２回であるにもかかわらず、六月だけ異常な数値です。寒い季節に食べたあんかけ料理の味がそろそろ恋しくなってきたのかもしれませんね。優月が喜ぶ確率、96％！」

じゅうじゅう、じゅくじゅく、ぶくぶく。ソースの煮立っていく音が、食欲を刺激する。

優月は手の甲で口元を拭い、早くも臨戦態勢だ。

「あとはお皿に盛り付けた豚ロースの上に、特製キノコソースを回しかけます。お肉の脇には、つけあわせとしてクレソンサラダを添えましょう。以前、山梨の農家ロケで優月がクレソンをおいしそうに食べていたのが印象的でした。優月が喜ぶ確率、99％！」

丸プレートの縁を綺麗に拭き取り、ローテーブルに置く。

「対・優月専用決戦メニュー、『蒸し豚のキノコソースがけ』の出来上がりです！」

肉は電子レンジで火を通すことで、余計な油を使わずにカロリーカット。かつ、流れ出た油分はソースに活用することで旨みを取りこぼさない。ヘルシーさと食べごたえを両立した、衛本さんらしいメニューだ。

「優月と過ごした三年間、そして真守さんとの戦いを経てたどり着いた、究極の一品です！　優月が喜ぶ確率は……１５０％！」

料理に目を奪われる優月に、衛本さんは勝ち誇った笑みを浮かべている。

「さ、温かいうちに食べて食べて！」

角切りの豚ロースには、キノコソースがたっぷりとかかっていた。醤油や脂の混ざり合った飴色のソースは、まるでジュエルのような輝きを放っている。

「……いただきます」

両手を合わせた後、優月が箸で一欠片を口に含んだ。

「……すごい。お肉はさっぱりだけど、噛んだ瞬間に肉汁がだくだく溢れてくる……」

「お肉の水分が飛ばないよう、加熱時間は最小限に抑えているの。電子レンジからすぐに取り出さず、余熱で仕上げるのがポイントね」

「ソースの具材はキノコだから、ちっとも罪悪感がないね。ヘルシーだけど肉厚で、豚肉にも負けないいくらいジューシーなの」

言葉の通り、キノコを味わう優月の表情は、肉を食べている瞬間にも引けを取らないくらいに煌めいていた。

「クレソンは口直しにぴったり。爽やかで、けれどひとたびソースに絡めるとおかずに早変わりして。お肉と一緒に食べるとトッピング代わりにもなる……」

顔つきには多少の緊張が残っているものの、はじめに比べればだいぶリラックスした様子で食事に舌鼓を打っている。

「優月、ここ数か月、豚肉にハマっているでしょう？」

衛本さんの指摘に、優月は目を見張る。

「……それも、分析したの？」

「分析するまでもないわよ。最近、差し入れとかケータリングで豚肉料理を見つけた途端にテンションが上がるじゃない。一体誰の影響かしらね」

ちら、と衛本さんが視線をこちらに流す。

豚肉料理といえば、俺が初めて優月に振る舞ったメニューだ。衛本さんには何でもお見通しらしい。

箸を置いた優月は、膝の上で手を握る。顔には恥ずかしさだけでなく、好みの変化に気付いてもらえた嬉しさもほんのりにじみ出ていた。衛本さんの真心は無事に届いたようだ。

勝負の真っ最中ではあるが、タイミングは今しかないだろう。

「ほら優月、言いたいことがあるんじゃないのか」

背中をぽんと叩くと、優月が背筋を伸ばす。

両者の間で、再び緊張の糸が張る。

「……私は」

断罪を受け入れるように、衛本さんは唇を噛む。

「私は、留々さんの恩着せがましいところが嫌い」

嫌い。

その二文字は、衛本さんの顔を悲痛で歪ませるのに充分だった。

「自分のことそっちのけで、私に時間を割くところが嫌い。ほかのメンバーを立てるばかりで、自分の人気を疎かにしているところが嫌い。一緒に外食をして、私にお金を払わせてくれないところが嫌い。……でも」

優月の瞳に宿っているのは、嫌悪でも失望でもなく、信頼だった。

「どんなに忙しくても私を気にかけてくれるところが好き。私の苦手な食べ物をおいしく食べられるよう工夫してくれるところが好き。小さな思い出をいつまでも覚えてくれているところが好き。留々さんがいつだって私のことを大切に想ってくれていることくらい、とっくにわかっていたはずなのに……」

優月は衛本さんの前で、深く頭を下げる。

「こないだは、ひどい態度を取ってごめんなさい」

そして物陰から取り出したのは、プラスチックのフードパックだった。

「お詫びに作ってきたの。……受け取ってくれる？」

優月は今までになく緊張した面持ちで、パックをテーブルに置く。中にはひとつの食べ物が入っていた。

「これって……」

蓋の奥では、桜の花が咲いている。

本物にも負けない美しさを誇る、和菓子の桜だ。

「衛本さんに渡すために、何度も練習してたんですよ」

練習の甲斐もあり、ホテルで挑戦した時とは比べ物にならない、プロ顔負けの出来栄えに仕上がっている。

ちなみにあんこは、公式プロフィールに載っている衛本さんの好物でもある。

「……食べてもいい？」

衛本さんの問いに、優月が小さく頷く。

桜の花が、衛本さんの口元に咲く。

噛みしめるさまは、まるで自然の風情を感じ取るようだ。

「……すごく、おいしい」

優月はてれてれと顔を赤らめ、しきりに髪をいじる。

和菓子を飲み込んだ衛本さんは、優月の肩にそっと触れた。

「……わたしはこれまでさんざん《姉》を自称してきたくせに、優月の気持ちに気付かないフリをするばかりか、いつからか一人の人間として、《妹》として見ていなかった。優月に認められたい、好かれたいって気持ちばかり先走って、さんざん振り回しちゃったよね」

目を伏せ、唇の端をそっと吊り上げる。

「こちらこそ、こないだは本当にごめんなさい。わたしと仲直りしてくれる？」

優月がはにかみ、白い歯をこぼす。

「うん。いつも私のそばにいてくれてありがとう……留々」

衛本さんの瞳から、涙がとめどなく溢れ出す。

☆　☆　☆

数分後。衛本さんは緑茶を飲み干すことでようやく落ち着いたようだ。優月にぴったりと寄り添い、甘えるように肩をすりすりさせている。姉妹の絆が復活したようで何よりだ。

仲直りが済んだとはいえ、これですべてが終わりというわけではない。

むしろここからが本番である。

後攻、真守鈴文のターン。

「やっぱり、俺と衛本さんは似た者同士のようですね」

キッチンの片隅に置いておいた、竹皮を開く。

中から現れたのは、常温に戻しておいた豚ロースだ。

包丁で筋を切り、表面を軽く叩いた豚肉に塩コショウで下味を付ける。ここまでの工程は衛本さんのレシピとほとんど変わりない。

ここからが俺の進む道。

道徳メシと対を成す、背徳メシ。

今から俺は、豚ロースをおめかししていく。

キッチンには三枚のトレイが置いてあり、中にはそれぞれ小麦粉、卵液、パン粉が入っている。豚肉はインナー、トップス、アウターと一枚ずつ衣服を纏い、己を着飾っていく。

ここまで来れば、俺が何を作ろうとしているのか二人も気付いているだろう。

「トンカツを揚げていくぞ！」

百七十度に熱した油に豚肉を投入する。瞬間、油の海が気泡で満たされた。油のにおいというのは、どうしてこうも脳を揺さぶってくるのだろう。

数分後、揚げの音が軽くなってきたら、豚肉を引き上げる。よーく油を切ったらまな板に移し、トングを包丁に持ち替える。

ざくん、ざくん、ざくん。

包丁と豚肉が等間隔に奏でるリズミカルな音色は、もはやヒップホップだ。肉と油の波状攻撃はキッチンを易々と貫通し、リビングにいる優月たちに牙を剥く。

優月がトンカツに目を奪われる一方で、衛本さんは余裕の笑みを浮かべていた。

「やはり優月が豚肉好きになったのは真守さんの影響でしたか。ですがメイン食材が被ったところで何ら問題はありません。わたしが緻密な計算のもと作り上げた『蒸し豚のキノコソースがけ』がトンカツに負けている点など、カロリーの高さくらいでは？」

確かにこれが豚肉対決なら、彼女にも勝機は充分にある。だがあいにく、俺が作ろうとしているのは豚肉料理ではない。本来ならエース級であるトンカツすらも脇役となる、豚丼にも引けを取らない背徳メシだ。

実のところ、仕込みは二人が来る前にほとんど済んでいる。トンカツはむしろ最終工程だ。

俺は大鍋が置いてあるコンロに火を灯す。蓋をした鍋の中では、数十種類もの材料が溶け合って誕生した食の究極体が、今か今かと出番を待ちわびている。温めていくほどに強烈な香りが立ち昇り、空間を侵略していく。

「このにおい、もしかして……！」

先に気付いたのは優月だった。全身がガタガタと震え、目の焦点が合わなくなっている。

その反応は正常だ。きっと完成品を目の前にしたら、抵抗する余裕など微塵も残っていないだろう。

「くっ、そういうことだったんですね……！」

数瞬遅れて、衛本さんも俺のメニューを悟ったようだ。スパイスの芳醇な香りがリビングを支配し、思考を奪っていく。

二人が動揺している間に、俺は炊きたてホカホカのごはんを広めの丸皿に盛りつける。

鍋の中身もいい具合に温まったようだ。

俺は蓋を開け、封印を解く。

瞬間、においが高波となって押し寄せてきた。茶色の水面は、エーゲ海にも負けない輝きを放っている。

鍋に用意したものの正体は、カレールゥ。スパイスの調合から行った特製カレーだ。

今回、カレーの具として使用するのは豚小間、ジャガイモ、ニンジン。ただしトンカツを引き立てるために、具材は小さめにカットしている。

「よし、早速盛り付けていこうか」

ふつふつと煮立ったルゥを、ごはんの脇に惜しみなくかけていく。たちまちにスパイスのフレーバーが立ち込めて、あやうく俺まで意識を奪われそうになる。

カットしたトンカツは、ルゥにサクサク感を持っていかれないようライスアイランドに上陸させる。最後につけあわせでキャベツの千切りを添えたら、完成だ。

「俺が優月に食べさせるメニューは、カツカレーだ！」

テーブルに置くと、優月の瞳は爛々としていた。己の内側に潜む、食欲という名の魔物が暴走しないよう、必死に呼吸を整えている。隣の衛本さんも心配そうな目をしていた。

「優月、早く食べたいか？」

俺が尋ねると、優月はわざとらしくぷいっと顔を逸らす。

「べ、別に、食べたいなんてちっとも思ってないけど？　でも今回は審査員だし、食べないわけには……」

「いやいや？　もし優月が『食すに値しない』と判断したのであれば、ここで審判を下してもいいんだぞ？」

揺さぶりをかけると、優月はわかりやすく狼狽した。

「……っ、鈴文こそ、審査してほしくて仕方がないんでしょ？　私にごはんを作れなくなったら寂しいもんね？」

優月は勝ち誇ったように唇の端を吊り上げる。

「ああ、寂しいよ」

俺は正直な想いを打ち明ける。

「この先、優月にメシを作れない日が来るなんて、想像もしたくない。だからどうか、俺の丹精込めて作ったカツカレーを食べて、ジャッジしてくれないか？」

まっすぐに優月の目を見つめ、頼み込む。

「そ、そこまで言うなら……食べてあげなくもない、けど」

優月は耳をほんのり赤くする。やがてスプーンを握り、手を合わせた。

「それじゃあ……いただきます」

スプーンには、茶色のルゥで着飾った山盛りのライス。

優月は唇の上下を離し、中にスプーンを忍ばせる。

舌の絨毯に、カレーが優雅に寝転んだ。

「あ……ああ……あああああ……！」

「優月、どうしたの？」

小刻みに震える優月に、衛本さんが目を白黒させる。

「これ、私の知ってるカレーじゃない……♥」

一口、もう一口と、スプーンを動かす手が止まらない。

「甘さもコクもあるのに、後味はすごいスッキリしてるっ♥　食べやすいけどスパイシーで、お米が勝手に喉を滑走しちゃうの♥　ちっとも咀嚼を許してくれない……♥」

スプーンの滑らかな動きは、もはや伝統舞踊のように流麗だ。

「何よりスパイスの香ばしさ……。何種類もの香辛料をブレンドしているのにまったくぶつからずに、手を取り合って旨みと香りの円環を成しているの♥　豚小間の脂やバター、蜂蜜が溶け込んで、ごはんに合うマイルドな味わいを演出してる♥」

主役を堪能した後、満を持してスプーンで持ち上げたのは、大ぶりのトンカツ。まずはルゥに付けずにそのままざくり。

「んむううぅ～っ♥♥」

優月（ゆづき）の喘（あえ）ぎ声が一段と勢いを増す。

「ジューシーな豚肉の甘みが口内に染みわたるっ♥　しっかり下味が付いてるから、調味料を使わなくても余裕でスプーンが進んじゃう♥　何よりこの衣。すっごい軽やかで、サクサクした音が気持ちいい♥　まるで鍵盤の上で弾んでいるような……♥」

優月は優雅に語りながら、背徳の沼に沈んでいく。

「ルゥとライス、カツの三つを同時に含んだらもう、口の中がエクスタシー♥　さくじゅわとろりで、味も食感も病みつきになる……♥　ルゥが絡んでふにゃっとした衣もまた良し……♥」

一般的に、揚げ物の衣がふやけることはマイナス要素と思われがちだが、煮込み料理においてはその限りではない。旨（うま）みを付与された衣は、サクサク感を和らげる代わりに攻撃力が大幅にアップするのだ。

「ガラムマサラ、ターメリック、コリアンダー、クミン……。ああ、瞼（まぶた）の裏側でみんなが私を手招きしてる……♥　みんな仲良く手をつないで、楽しいワルツを……♥」

スパイスの幻覚に誘われた優月は、精神世界に片足を突っ込んでいた。ヤク漬けならぬメシ漬けで、すっかり有頂天だ。

それまで優月の食リポを横で静かに聞いていた衛本(えもと)さんが、茶化(ちゃか)すように呟(つぶや)く。

「また【鈴文(すずふみ)貯金】が増えちゃったわね、優月？」

突如飛び出した謎の単語に、俺は首をかしげる。

「ちょ、留々(るる)！」

トリップしかけていた優月が正気に戻り、慌てて衛本さんの口元を手で覆った。

「あの、鈴文貯金って？」

「な、何でもない！」

優月は勢いでごまかすように、爆食を再開する。

がつがつ、さふさふ、じゃくじゃく。

はぐはぐ、するする、ざくざく。

ほふほふ、かつかつ。しゃきしゃき。

いくつもの歌が、台詞(せりふ)が、音楽が、食卓を明るく楽しく彩っていく。

俺は指揮者。優月は演者。衛本さんは観客。

食のミュージカルは、今日も絶賛上演中だ。

☆　☆　☆

このまま完食まで見届けたいところだが、今回はあくまで料理対決である。目的は衛本さんに引導を渡し、二人を仲直りさせること。

もっとも勝敗をつけずとも、姉妹の絆は完全復活を遂げたようだが。食リポを続ける優月も、それを横で見守る衛本さんも笑顔だ。

ふと、優月が衛本さんのほうを向いた。お皿に残ったカツカレーはあと少し。

「……留々もじっと見てないで、一緒に食べよ♥」

「ふぇっ⁉」

素っ頓狂な声を上げ、衛本さんが身じろぎをする。

「い、いや……わたしは……」

衛本さんは視線を泳がせ、逃げ場を求めていた。

「留々もデビューしてからずっと、油っこいもの我慢してるでしょ♥　揚げ物への欲求が溜まってるんじゃない？　我慢のしすぎは体に毒だよ♥」

いや、お前がそれを言うのか。

「ほら留々、口開けて♥」

スプーンには特盛のカレーライス。もちろんカツも載っている。

大好きな《妹》の誘惑に、衛本さんは早くも弱腰だった。あとひとつでも足場が崩れれば、たちまち陥落してしまうだろう。

「ま、真守さん。助けて」

俺は衛本さんの正面に座り、ニヤリと笑う。

「デビュー前、優月と二人で和食レストランに行ったそうですね」

「え？　ええ」

なぜこのタイミングでそんな質問をしてくるのだろうと、衛本さんは不思議そうにしている。その端整な顔が歪む瞬間が、待ち遠しくて仕方がない。

「そこで優月はおいしそうに海老天を食べていた。だからこそ、謝罪の手土産では大海老をくださった。そうですよね？」

衛本さんの額に汗がにじむ。その瞳は、明らかに俺を警戒していた。

「それが……どうかしましたか」

「実は優月から聞いたんですよ。その時、衛本さんは何を食べていたのかを」

「っ！」

顔からは血の気が引いていた。正座を崩し、たじろいでいる。きっとこの人は、もう俺をライバルとは認めてくれないだろう。裏切り者と罵るかもしれない。

「いやあ、まさかヘルシー志向の衛本さんがあんなものを食べていたとは驚きました」

「違うっ、違うの！　あれは、その場のノリっていうか、気合いを入れようとしただけで！」

衛本さんの瞳には、ぐるぐると渦が浮かんでいる。

ああ、そんなに恥ずかしがって、可哀想に。早く楽にしてあげないと。

俺は人差し指を天井に向けた後、その指先を衛本さんへ突きつけた。

「あなたが食べたのは……トンカツだった！　『芸能界で勝つ』という願いを込めて。そうですね!?」

「う、うう、うううっ！」

秘密を詳らかにされた衛本さんは両手を床に付け、羞恥で顔を真っ赤に染める。

ほかのメンバーには内緒の、二人だけの決起会。

健康的なメシを愛する衛本さんが選んだメニューは、トンカツ定食。

まさかのベタなゲン担ぎだった。

「本当は大好きなんでしょう？　揚げ物」

「好き……だけど、わたしはリーダーとして誰より己を律しないと、周りに示しがつかなくなっちゃう……」

「優月、頼んだ」

俺とハイタッチによる入れ替わりで、優月が前に出る。

「留々」

「な、なに」

衛本さんの目の前に、カツカレーの載ったスプーンがあった。

「はい、あーん♥」

百点満点のスマイルが、衛本さんの最後の砦を切り崩す。

「あ……ああ……」

衛本さんの小さな口に、スプーンが滑り込んだ。

「……んあああああああああっっ♡」

部屋に響き渡る、淫らな咆哮。

俺と優月は同時に目を見張る。

「トンカツのサクサク感しゅごい……♡　きめ細かなパン粉を惜しみなく纏わせて、高温の油で均一に揚げてるから、どの角度から歯を立ててもサクッとしてりゅ……♡　油がちゃんと切ってあって、ちっともベタつかないのぉっ……♡」

普段のキリッとした目つきはもはや見る影もなく、口とともに緩み切っていた。汗を垂らし、声を震わせ、舌を出し、《妹》の前で情けない姿を晒している。

「三年ぶりのトンカツ、やばすぎりゅ……♡」

さすがの優月も呆気に取られているかと思いきや、空になったお皿を寂しげに見つめていた。このアイドルグループ、食欲に忠実すぎる。

俺は二人に問いかける。

「カツカレーはおかわりもできますが、食べますか？」

「「食べるっ♥♡」」

良い返事が、左右から同時に聞こえてきた。

☆　☆　☆

おかわりの準備をしている間、二人は「待て」をされたペットのように、俺に焦点を定めていた。特に衛本さんは鼻息を荒くして、暴走寸前だ。カレーを食べて暑くなってきたのか、ブラウスのボタンは外され、胸元のほくろが露わになっている。

「真守さん……これ以上焦らさないでぇ……♡」

ついにキッチンに侵入した衛本さんが、俺の耳元でねだってくる。温かい息がかかってくすぐったい。

「落ち着いてください。もうすぐカツが揚がりますから！」

丸皿には、すでにライスとルゥ、キャベツが盛り付けられている。あとは揚げたてのカツをトッピングするだけだ。

「鈴文、まだ……？　早く早く♥」

反対側の耳元で優月が囁く。この二人、気配を消して接近してくるのがうますぎる。

きつね色に揚がった二枚のトンカツを縦に置き、油をしっかり切る。

「早く包丁を挿れて……♡　あの快楽を、わたしの舌に深く刻み込んでください……♡」

「お肉♥　おにく♥」

左右から鼓膜を撫でるアイドルたちを無視し、俺はストップウォッチの数字が減っていくのを静かに見守る。さっくりとした食感にするためには、この工程も怠ってはならない。

「はいはい、二人とも席に戻るっ！」

俺が手を叩くと、優月はすごすごと退散した。しかしもう一人のアイドルは俺の隣から一向に離れようとしない。

「あと三十秒……二十秒……十秒……」

もう俺の声は衛本さんの耳に届いていないのだろう。俺はキッチンから追い出すのを諦めて、一緒にカウントダウンを迎えることにした。

「五……四……三……二……一……」

耳元で、息を深く吸い込む音がした。

「ゼロっ♡　ゼロゼロゼロゼロっ♡」

口から歓喜の号砲を鳴らす衛本さんは、とっくに正気を失っていた。一刻も早く食べさせないと、いよいよ現世に戻ってこられなくなるかもしれない。俺はスピーディにトンカツをカットし、カレーライスに載せる。

「はい、座った座った！」

両手にカツカレーを持ち、リビングのほうを向いた時には、衛本さんはしっかり着席していた。先ほどまで真横にいたのは幻影だったのではと、自分の目を疑ってしまう。

「さ、召し上がれ」

「「いただきますっ!!」」

二人は同時に、カレーの海へとスプーンをダイブさせる。

「二皿目なのに、まるで感動が薄れないよ……♥　たまに食べる千切りキャベツが、口の中を都度リセットしてくれる……。お皿が広いから、カツカレーとして味わうだけじゃなく、あえてルゥを避けてトンカツ定食としても楽しめるね……♥」

「香り高いスパイスが、鼻を抜けて脳をぐちゃぐちゃにかき混ぜてくりゅっ♡　このまま食べ進めたら、絶対意識がトんじゃうっ……♡」

　一心不乱にカツカレーを頬張る二人の迫力は、もはやフードファイターだ。それでいて笑顔は絶やさず、メシを頬張るたびに一口目と同じときめきを見せてくれる。

「トンカツにかけるなら醤油一択だよねっ♥　衣の食感を損ねずに塩気と旨みが付与されて、豚肉の風味が一段とアップするの♥」

「ドロドロの中濃ソースとカラシをべったり付けて、豚肉の尊厳ガン無視でジャンクに味わうの、最高すぎりゅ……♡」

「トンカツにはやっぱりドバドバの醤油♥」

「トンカツにはやっぱりカラシとソース♡」

　ふと、優月と衛本さんの視線が絡み合う。

「……ソースってそんなにおいしいの？」

「……醤油も実は気になってたのよね」

　次の瞬間、二人のスプーンが交差する。

　お互いの口にスプーンが滑り込む。

「……はあああっ♥」「……んあああっ♡」

快楽に満ちた、二種類の吐息がこぼれる。

「中濃ソースがサクサクの衣によく合う……♥　ツンとした辛さも癖になるね♥」

「醤油っ、カツだけじゃなくライスやルゥとも調和して、おいしさが合体してりゅ……♡」

二人の食事シーンは、不思議と絵になっていた。俺はさながら、女神の降臨に立ち会った信徒のような感覚に見舞われ、思わずひれ伏しそうになる。

ふと、優月が俺のほうを見た。

「もしかして鈴文も食べたいの？」

「真守さん、そうなんですか？」

二人がスプーンを差し出してくる。片方にはライスとルゥ、もう片方には大ぶりのカツ。口の中で生成されるのは、ミニカツカレー。

返事をする間もなく、ふたつの銀匙が、俺の口に接近する。

「「はい、あーん♥♡」」

俺はこの瞬間、自らのメシに堕ちた。

甘味、酸味、塩味、苦味、うま味。五つの味が織りなす極上のエンターテイメント。そしてアイドル二人からあーんされるというプライスレスなサービス。

「……せっかくだし、俺も一緒に食べようかな」

「鈴文(すずふみ)、三皿目のトッピングはエビフライがいいな♥」

「真守(まもり)さん、わたしはヒレカツでお願いしますっ♡」

こうして、アイドルグループ【スポットライツ】のリーダー・衛本留々(えもとるる)、絶対的センター・有須優月(ありすゆづき)の二人は、仲良くメシに堕(お)ちていくのだった。

INTERVAL　『これからもよろしくね。』

長い六月が終わりを迎え、七月がやってきた。

梅雨明けを目前にして、日中の最高気温が三十度を超える日も少なくない。今年は例年と比較して猛暑になると予測されており、暑さが苦手な俺は今から憂鬱だった。

学校から帰宅した俺は早々に制服を脱ぎ去り、ラフな格好に着替える。いくら制服が夏服とはいえ、Tシャツとハーフパンツの快適さには到底かなわない。

真夏が到来したら、コンロの前に長時間立つのも億劫になってくる。油を使った料理はもはや修行だ。今のうちにしっかり味わっておかなければ。

「……」

衛本さんとの最終決戦から半月が経った。

勝負の結果は言わずもがな。本人も敗北を受け入れるとともに、優月の食事係を俺に託してくれた。優月は相変わらず「私は絶対にメシ堕ちしないから！」とぷりぷりしていたが、カツカレーを三皿も平らげた後で言われても、まるで説得力がない。六月はあまり料理を振る舞えなかったけど、これからは心置きなく隣の部屋に突撃できる。

それにもうすぐ夏休みだ。優月は仕事が忙しいだろうけど、メシ堕ちのチャンスは飛躍的に増加する。夏バテ対策に激辛の台湾ラーメン、屋台の定番・明太子たっぷりのじゃがバター、マンションの屋上スペースを貸し切ってBBQでラムチョップ……。食べさせたいメニューが多すぎて困ってしまう。今のうちから献立表を作っておかなければ。

ところで、今日の自分の昼食はどうしよう。

現在は期末テストの勉強期間のため、学校の授業は半日で終了する。中間テストの時と同じく穂積は俺に泣きついてくるかと思いきや、恋人である先生から直々に家庭教師をしてもらえることになったらしい。

友人の順調な交際を喜ばしく思う一方で、お役御免になったのが寂しくないと言えば嘘になる。人間関係というのはちょっとしたきっかけで大きく変わってしまうのだ。俺はこの一か月、身をもってそれを体験した。

麦茶を飲みながらテレビを点けると、ちょうど【スポットライツ】が映っていた。歌番組ではないからか、フルメンバーではないようだ。

出演者は有須優月と衛本留々。オフの姿を見慣れている俺からすれば、テレビで見るのはなんだか不思議な感覚だった。

司会者の年輩女性に話を振られた優月がにこやかに答える。表情、声の抑揚、身振り手振り、相変わらずどれを取ってもパーフェクトだ。司会者も心なしかうっとりしているような。

「……それで、地方の泊まりロケだったんですけど、留々ったら一泊二日なのに、トランクを三つも引いてきたんですよ？　何が入っているのか訊いてみたら、救急セットとか着替えの予備とか、メンバー用のお世話グッズを詰め込んでたみたいで。本人の持ち物はカバンひとつ分しかないのに！」

「一泊二日でトランク三つ」というキャッチーなワードに、司会者が思わず食いつく。

近頃の衛本さんは、グループ内で世話焼きキャラを確立しつつある。元々メンバーのフォロー役を務めることが多かった彼女だが、六月中に起きたあれこれを優月が番組内で紹介したことをきっかけにほかのメンバーもイジるようになり、グループの外にまで波及していったようだ。

過剰とも言うべきお世話っぷりはバラエティではネタとして重宝されているようで、ちょくちょく単独での出演依頼も増えているのだとか。一見クールそうな雰囲気の彼女から繰り出される常識外の言動が、ギャップとしてウケているようだ。

これらの情報は、とある有力な情報筋から入手したものだ。昨晩、チーズインハンバーグで膨れた腹をさすりながら教えてくれた。

そういえば学校でも、春頃に比べて「るるぴょん」好きを公言する者が増えてきたような。これからの活躍に注目だ。

変わっていく。人も、心も。変わらないものなど何もない。

番組が終わり、テレビを消す。すっかり夢中になってしまっていた。そろそろ昼メシの支度を始めなければ。冷蔵庫には何が残ってたっけ。

キッチンに向かう俺の足を止めたのは、ひとつのチャイムだった。

こんな時間に訪問者とは珍しい。莉華だろうか。アイツは一人だとテスト勉強に全然集中できないらしく、学年は違うものの中間テストの時もちょくちょく一緒に勉強していた。

モニターを覗くと、そこに映っていたのは《姉》だった。ただし茶髪ギャルではなく、世話焼きルーズサイドテールのほう。

「こ、こんにちは、真守さん」

玄関の扉を開けると、制服姿の衛本さんが現れる。手に提げているのはもちろんトランクなどではなく、学校指定と思しき革のスクールバッグだ。

漂うオーラは相変わらず、クールで凛々しい。しかし以前と比べて柔らかさも内包されている気がした。

「こんにちは、衛本さん。どうしました？」

「えっと、その……」

衛本さんは玄関の前でもじもじして、一向に目的を明かそうとしない。また優月と仲違いしたってわけでもあるまい。実のところ、彼女の目当てはとっくにお見通しだった。素直に言ってくれれば、俺も喜んで協力するのに。

「例のアレ、ですか？」

俺が助け船を出すと、衛本さんは耳を真っ赤にしてこくんと頷いた。そのいじらしさに思わず苦笑してしまう。

「わかりました。じゃあ中へどうぞ」

「……お邪魔します」

衛本さんは玄関の段差部分に腰を下ろす。今やここは、彼女の特等席だ。

はじめは俺もリビングで待ってもらうよう促したのだが、どうやら彼女なりの線引きがあるらしい。頑なに靴を脱ごうとはしなかった。とはいえ外で待たせるのも申し訳ないし、人目につくリスクもある。そこで間を取って、玄関で待機となったわけだ。

というか、俺もアイドルを自然に自宅に上げるとは、すっかり感覚が麻痺してしまったらしい。

室内でも熱中症になりうるので、扇風機と麦茶を玄関に置いてからキッチンに向かう。

「しかし、まさか衛本さんから先に完全メシ堕ちするとは思わなかったな」

あの日以来、衛本さんはちょくちょく我が家にやってきては、メシをおねだりするようになった。カツカレーを食したことをきっかけに、自身の揚げ物リミッターが解除されたらしい。

「たまに食べる分にはそこまで健康に悪影響はないでしょうから！　その分運動量も増やしますし！」

俺のメシを受け取る際、毎回こんな感じの台詞を吐いて去っていく。あるいはその言い訳は、自分に言い聞かせているのかもしれない。

火元の暑さと格闘すること約十五分。俺はパンパンになった竹パルプの使い捨て容器を持って、玄関に戻る。料理を見つけた瞬間、衛本さんの瞳の色が一気に食事モードのそれへと変貌した。

「……き、今日の献立は何でしょうか」

両手はわなわなと震えていた。俺は目の前で容器の蓋を開けてやる。

「衛本さんの大好きな、串カツですよ」

「っ♡」

衛本さんの両目にハートマークが灯る。

「豚バラ、レンコン、うずらの卵、海老、紅生姜の五種盛りです。ソースとカラシも入れておいたので、帰り道でも食べられますよ」

「あぁあ……お肉と油のにおいがしゅごいのぉ……♡」

早くも衛本さんはトロ顔になっており、「ふーっ、ふーっ」と荒ぶる呼吸を必死に抑えている。カバンにそっと忍ばせるさまは、まるで違法薬物の取引現場のようだ。

「では、わたしはこれで……。あぁ、家まで我慢できるかしらっ……！」

興奮気味に扉を開ける衛本さんを、玄関で見送る。

その足取りは、雲の上で跳ねるように軽やかだった。

☆ ☆ ☆

それから数時間後。今日の優月（ゆづき）は昼過ぎに仕事が終わったので、夕方から一緒にテスト勉強をしていた。つい先ほど勉強が一段落つき、これからウチのリビングで夕食を迎える。

今夜のメニューはタレカツ丼だ。先日の一件以来、俺もすっかりトンカツづくりにハマってしまった。

ごはんの上には、甘辛いタレにくぐらせた揚げたてのカツが何枚も載っている。一般的なカツ丼と異なるのは、カツの薄さ。豚肉も衣も薄めなので口当たりが軽く、バクバクいける。また玉子は使わず食材は白米とトンカツだけなので、シンプルに肉と米の味わいを堪能できる。

何よりこの一品は、優月の出身地・新潟（にいがた）の名物でもある。

「その点を踏まえても、今回は屈するのが早かったな」

「だってソウルフードを出すなんて卑怯(ひきょう)でしょ……！」

食欲とノスタルジーを同時に突いた、我ながら隙のない攻撃だった。ローテーブルにはデザートとして、優月(ゆづき)の好物である包みクレープも用意している。

空になった丼の近くには、月の刻印が入った箸が置いてある。先日、ホテルで優月にプレゼントしたものだ。ここ最近はスプーンやフォークで食べるメニューが続いており、何気に箸は初登板だった。

俺が箸と丼をシンクに持っていこうとすると、なぜか優月が目の前に立ちはだかった。両手を後ろに組み、どこか決まりが悪そうな顔をしている。

「どうした？　おかわりが欲しいのか？」

「……これ」

後ろに回していた手を前に出す。両手には、色鮮やかなラッピングペーパーに包まれた、長方形の箱があった。

「あげる、鈴文(すずふみ)に」

「どうしたんだよ、急に」

俺は食器類を一度テーブルに置く。

「今回は鈴文に色々お世話になったでしょ？　そのお礼」

プレゼントを俺に押しつけた優月は、毛先を指で弄(いじ)りながら、ぷいっと顔を背けた。

「……開けていいか？」

「どーぞ」

中に入っていたのは、木製のまな板だった。しかも右下には俺の名前が彫ってある。つまりオーダーメイドだ。

サプライズプレゼントに目を奪われている俺をよそに、優月が早口でまくしたてる。

「ほ、ほら、食器とか調理器具とかはもう一通り揃ってるでしょ？　だったらまな板はどうかなって。鈴文が普段使ってるやつ、ちょっと傷んできてるみたいだし。それにまな板なら何枚あっても困らないもんね？　別に無理して使わなくていいし、なんならキッチンのインテリアにしてくれたって——」

「優月」

そっぽを向いていた優月が、おずおずと視線を戻す。

「ありがとう。めちゃくちゃ嬉しい」

「……ならいいけどっ」

優月の口元が緩む。つられて俺も笑顔になる。

「でも本当にもらっちゃっていいのか？　かなり高級そうだけど」

一枚板で繊維が細かく、ずっと撫でていたくなる手触り。水切れも良さそうだ。

「いいの。そもそも予算は——」

何かを言いかけて、優月は急に口ごもる。

「もしかして、例の貯金とやらからか？」

「……まあ、うん」

先日、衛本さんが暴露した【鈴文貯金】の正体が、ずっと気になっていた。

「実は、鈴文のごはんを食べるたびにこっそり貯めてたの」

「えーと、メシ堕ちと貯金がイマイチ結びつかないんだけど……」

「ほら、ずっと食費払えてなかったし、いつかきちんと渡さなきゃと思って。それに鈴文には、これまで色々なものをもらってきたから、一度ちゃんとお返しがしたかったの」

「色々って、俺がしてきたのはメシを作ることくらいだぞ」

「違うよ。鈴文はごはん以外にも、たくさんのものを与えてくれて、たくさんのことを教えてくれた。私に、アイドルとして生きる以外の人生を見出してくれた。鈴文のおかげで、私は今がすごく楽しいの」

月の光のように眩しい瞳が、俺を見据えている。

「……そっか。じゃあ俺はこれからも、優月をメシ堕ちさせられるよう努力しないとな」

「うん。私も早く、鈴文を有須優月のトップオタにできるよう頑張らないと」

——俺は、優月の一番でありたい。

ホテルでの言葉が、俺の脳裏をよぎる。

「……いや、俺は佐々木優月の一番がいい」

俺は優月に一歩近づき、はっきりと告げる。

「俺はアイドルの有須優月じゃなくて、今この場で俺と接している、佐々木優月の一番になりたい。優月、お前が好きだ」

自然と、口からこぼれていた。

この場で伝えるつもりはまったくなかった。

もっと時間を共有して、月日を重ねて、関係を深めて、互いを理解して。

告白なんて、そのさらに先にあるものだと思っていた。

夏には屋台メシを振る舞って。秋には運動会のお弁当を用意して。冬にはクリスマスパーティを開催して。その場には莉華や衛本さん、何なら三神先生もいてもいい。バレンタインデーにはチョコレートケーキを作るし、ホワイトデーにはマカロンを焼く。来年の春は一緒にお花見だってしたい。

でも、言わずにはいられなかった。優月に俺の気持ちを知ってほしくてたまらなかった。

「……そうなんだ」

肯定するでも否定するでもなく、優月の返事は淡白なものだった。表情はどこか困っているように見えなくもない。

俺はすぐさま、猛烈な後悔に襲われる。勢い任せになんてことを言ってしまったのだ。せめて告白するにしたって、もっとふさわしいシチュエーションはいくらでもあっただろうに。

「ス、スマン。変なこと言ったな、気にしないでくれ！」

「……私は――」

優月は食卓につくことなく、言葉を続ける。

「私は、どちらか片方だけを選ぶ必要なんてないと思うけど？」

琥珀色の瞳が、まっすぐに俺を捉えていた。

「私は鈴文に、実像の佐々木優月だけを見てほしいとは思ってないよ。だって偶像の有須優月だって、とっくに私の一部だもん。どっちの私も私なんだって気付かせてくれたのは鈴文だよ？」

どこまでも真剣な眼差しが、俺の心をつかんで離さない。

「もし、全部の私の一番になれたら、それは姉妹や幼なじみにも負けないくらい大切な関係だと思わない？」

俺が次の言葉を探していると、優月の視線が卓上の包みクレープに向いた。

「そういえばファンミの打ち上げしたのも、鈴文んちだったよね」

「……あ、ああ。そうだったな」

優月は包みクレープからわずかにはみ出た生クリームを指で拭う。ひと月前の光景が思い出される。

あの日、優月は俺の頬にキスをした。頬に付着した生クリームを取るという名目で。

「……」

優月が生クリームの付いた指先をじっと見つめている。

やがて、その指を自分の唇に触れさせた。

「……これが、私の気持ちです」

薄い桜色の唇に、白い花が咲いている。

俺は、優月の両肩にそっと触れ。

純白の花を、俺は自分の唇で摘み取った。

一歩下がり、俺たちは見つめ合う。
そして小っ恥ずかしさに見舞われ、どちらからともなく目を逸らす。
逸らした視線の先には、壁に掛かったコルクボード。
そこには制服姿の男女が笑顔で写っている。
写真には一言、手書きのペン字でこう記してあった。
『これからもよろしくね。』

これからも
よろしくね。
6.13

あとがき

トンカツはどこから食べるか問題。

端から順に食べ進めるのが美しいと唱える者がいれば、火の通り具合がちょうどいい二切れ目以外ありえないと息巻く者もいる。グルメリポーターは三切れ目こそ肉と脂のバランスが至高と主張し、その横で子どもは無邪気に四切れ目を頬張る。結局のところ、食にマナーはあれどルールはないのです。好きなものを好きなように食べる。ただそれだけのこと。

お久しぶりです、及川輝新です。こうして二巻という食卓で再び皆様とお会いでき、光栄に存じます。

早速、謝辞にまいります。イラストレーターの緋月ひぐれ先生、担当編集様、制作・販売に携わっていただいた皆様、今回もありがとうございます。そして二巻をお取りいただいた読者の方々にも深い感謝を。

最後にお知らせです。このたび月刊コミックアライブ様にて、本作のコミカライズが決定しました！　今後とも『背徳メシ』をよろしくお願いします。

あとがき！

「背徳メシ」お手に取っていただきありがとうございます！
文章に飯テロされるので夜中のイラスト作業は我慢大会すぎました。
食べることが大好きなのでこんな飯テロ作品に関わらせて頂き、とても光栄です！！
読んでくださった皆様、関係者の皆様、及川先生に圧倒的感謝を。
最後に字が汚くてすみません。

俺の背徳メシをおねだりせずにいられない、お隣のトップアイドルさま 2

2024年2月25日　初版発行

著者　及川輝新

発行者　山下直久

発行　株式会社 KADOKAWA
〒102-8177 東京都千代田区富士見 2-13-3
0570-002-301（ナビダイヤル）

印刷　株式会社広済堂ネクスト

製本　株式会社広済堂ネクスト

Printed in Japan　ISBN 978-4-04-683341-9 C0193

●お問い合わせ
https://www.kadokawa.co.jp/（「お問い合わせ」へお進みください）
※内容によっては、お答えできない場合があります。
※サポートは日本国内のみとさせていただきます。
※Japanese text only

◇◇◇

【ファンレター、作品のご感想をお待ちしています】
〒102-0071 東京都千代田区富士見2-13-12
株式会社KADOKAWA　MF文庫J編集部気付「及川輝新先生」係　「緋月ひぐれ先生」係